SV

Band 281 der Bibliothek Suhrkamp

Wolfgang Hildesheimer

Zeiten in Cornwall

Mit 6 Zeichnungen des Autors

Suhrkamp Verlag

Der Text wurde aufgrund früherer Aufzeichnungen
in den Jahren 1970/71 neu geschrieben

Sechstes bis achtes Tausend 1973
 Druck: Nomos Verlagsgesellschaft, Baden-Baden. Printed in Germany.

Zeiten in Cornwall

Ich bewege mich in einem Labyrinth vorwärts. Oder vielmehr: ich sitze still hinter dem Steuer meines Wagens, der sich in einem Labyrinth vorwärtsbewegt. Ohne Sicht nach den Seiten drehe ich einhändig die Windungen dieser hohlen engen asphaltenen Gassen nach, wachsam – es könnte hinter einer Kurve ein Hindernis lauern – dennoch entspannt, denn dieses seltsame Terrain ist nicht als Schrecknis angelegt, sondern als Straßennetz, es ist nicht geplant, es hat sich ergeben. Ich bin im westlichen Cornwall, genauer gesagt: im nördlichen Teil des westlichen Cornwall, Hügelland, eine gewellte Platte, erhöht zwischen drei Seiten Wasser. Ich schmecke das Salz der Meere in der Luft, ich spüre es feucht und klebrig auf der Haut. Das Licht über mir ist zu hell, milchig weiß und diffus, darüber ahne ich die Sonne, aber orientieren kann ich mich an ihr nicht, das Labyrinth will seinen eigenen Himmel. Wenigstens ist es nicht tödlich wie das des Minos, auch nicht tückisch wie die Ausgeburt einer Renaissance-Phantasie oder eine jener manieristischen Marotten, hinter denen ein Weltbild steht, – hinter diesem Irrgelände steht wahrhaftig kein Weltbild, eher der Wille von Zufällen in einer jahrhundertlangen Reihe. Völlig ohne Gefahren ist es nicht, denn es bewegen sich auch andere darin, und seine Gassen sind schmal, sie gewähren einem Fahrzeug die Durchfahrt, erlauben aber kaum die allzu plötzliche Begegnung zweier

Fahrzeuge. Jederzeit mag mir einer entgegenkommen, der mich nicht erwartet hat. Die Ausweichstellen sind weit verstreut, auch sie sind mehr Plätze des Zufalls als der Absicht; einer wird zurückstoßen müssen, in der Hoffnung, daß von hinten kein Dritter komme. Das bin ich gewohnt: hinter einem Paß zuhause, bin ich versiert sowohl in den höflichen Gesten stummer Einigung hinter Windschutzscheiben als auch in den daraus resultierenden Manövern. Es kommt mir keiner entgegen, es hat den Anschein, als dürfe ich mit dieser Region allein fertig werden, nur hin und wieder denke ich, vielleicht fährt einer hundert Meter vor mir, verdeckt durch die Windungen unseres gemeinsamen Wegs, die er hinter sich hat, die ich vor mir habe, einer, der ebenfalls denkt, er sei hier allein, dabei bin ich ihm gefährlich nah auf den Fersen. Vielleicht habe aber auch ich einen hinter mir, der nicht weiß, daß er einen vor sich hat, oder es kommt mir einer entgegen, der mich noch nicht erahnt, vielleicht ist er schon nah. Solche plötzlichen Begegnungen berühren weit mehr als das Blickfeld, sie regen einen Moment der Spekulation über das Wesen des anderen an, eine kurze Kenntnisnahme, die aber bald wieder ins Vergessen sinkt.
Von oben sähe das Labyrinth etwa folgendermaßen aus: eine Landenge, getragen von steilen Felsküsten, an ihren Längsseiten zeigen sie sich als Schnitt; ein Tablett, das sich vor Alter und Abnutzung geworfen hat, in unregelmäßigen Abständen durch den Einriß einer engen gewundenen Bucht unterbrochen oder von einem breiten Streifen Sandstrand ausge-

höhlt, angenagt und allmählich abgeschliffen, da arbeitet es noch immer. Zwischen den Küsten, auf dem Tablett, liegt Heide, dehnt sich hügliges Brachland oder magere Weide, durchzogen und unregelmäßig kreuz und quer zerteilt von dem Gassennetz, das ich soeben durchfahre. Die Gassen sind beiderseits gesäumt von bauschigem dickem Gebüsch. Alles in allem ein Stück ebenmäßiger Topographie, eine Luftaufnahme; keine wesentliche Erhöhung, kein Schwerpunkt, kein Naturwunder, nothing to write home about. Als Irrgartenanlage wäre es von oben kaum erkenntlich: zuviel Fleisch zwischen den Adern der Gänge. Zwei unabhängig voneinander Verlorene wären nicht innerhalb jener Rufweite, die ein Labyrinth noch entsetzlicher macht, sie wären nicht durch eine Mauer voneinander getrennt sondern durch Ländereien. Labyrinth ist es nur hier unten und nur für den Unkundigen, ihm zum Unheil wird hier eine paranoische Angst sanft, aber mit dem System einer eigenen und eigenartigen Logik, gefördert. Denn diese Gassen sind tief in das Land eingelassen, das säumende Gebüsch präsentiert sich dem Irrfahrer als eine dichte Häufung von Schichten: eine niedrige Trockenmauer zuunterst macht die Straße zu einem Graben, schon über den käme keiner hinaus. Darüber ist Erde gelegt, hat sich im Lauf der Zeiten festgestampft, darauf wächst zähes knorriges Gebüsch, umrankt von Schlinggewächs, alles gefördert von menschlicher Hand, – genauer: von besessenen Landschaftsgärtnern und Gehilfen und Gefolge; Jahr um Jahr werden die fettgewordenen Äste gebogen oder geknickt, so daß die dünneren Zweige sich korbartig durch die dicken ranken und als Ranken dicker werden, bis sie selbst wieder von dünneren durchrankt werden, so entsteht poröse Wand, in deren Lufträumen Vogelnester sitzen, es zwitschert lieblich im Irrgarten. Und mit jeder Generation wird die Straße tiefer, denn die Mauer wird höher, undurchsichtig ist sie schon jetzt, schon lange; ich sehe nicht, wo ich fahre, ich sehe nichts als den Himmel über mir, unter mir den schmalen Asphaltläufer, wie er sich mir entgegenbreitet und hinter mir von der Ferne wieder aufgesogen oder von einer Kurve schräg abgeschnitten wird, und eben diese Wände, unten schon verholzt wie alte Olivenbäume, noch braun vom Winter oder grau vom Staub der Straßenränder, den andere Fahrzeuge gestern oder vor wenigen Minuten aufgewirbelt haben. Dazu die Vögel, die meinen Weg vor mir überqueren, als suchten sie noch schnell vor meinem Nahen ein Versteck oder das Weite.

Und hin und wieder eine Erweiterung der Gasse, die zu einer Gabelung wird oder zu einer Kreuzung, an der ein Bündel Wegweiser eingepflanzt ist, ein Bündel Fähnchen, die in vier oder mehr Windrichtungen wehen. Da steht:

Mesmear: ein-dreiviertel Meilen
Plain Street: ein-einviertel Meilen
Roscarrock: zwei-einviertel Meilen
Poltrevorgey: zwei-dreiviertel Meilen
Portgaverne: zwei Meilen
Tregwarmond: vier-einhalb Meilen
Treswarrow: eine Meile

Auch dies sind labyrinthische Angaben, irreführend in ihrem schönen Wortlaut und in Zahl. Die Zahlen wecken Heimweh nach dem Dezimalsystem, die Namen möchten die Annahme nahelegen, daß sich hinter den Hecken dem Wanderer ein dicht besiedeltes Gebiet zur Einkehr anbiete, er brauche nur zu wählen. In Wirklichkeit gehört nur der kleinere Teil der Namen den Dörfern, der größere bezeichnet Gehöfte und Einöden, auch prähistorische Kultstätten, Cornwall ist mit derlei übersät, preist es jedoch nicht über Gebühr an, ein Wegweiser hat dem Interessenten zu genügen, und er genügt. Immerhin, ich halte den Wagen an, ich frage mich, wohin ich eigentlich will. Aber es antwortet nichts, es bleibt stumm, in mir und im Labyrinth. Dies ist ein Land weder der Verheißung noch der Erfüllung, wer hier mehr herausholen will als er hineinträgt, der wird enttäuscht: Bestätigung darf man erwarten, Überraschung kaum. Vage verspüre ich jetzt den Wunsch, mich seitlich, nördlich, dem Netz zu entwinden, mich hinaus- und hinunterzuschlängeln zum Meer, ich sehne mich nach einer Sicht. Ich biege nach Norden ab, dorthin, wo es heißt: Portgaverne: zwei Meilen. Port, das klingt immer gut, es klingt nach Sicherheit und einem Ausweg und nach einem Getränk, – und ich fahre, aber nach zwei Meilen kommt nichts das auf Portgaverne oder irgendeinen Port hindeutet, die Gasse bleibt hohl und leer, nur hin und wieder ein Vogel, jetzt sind es Elstern. Nach vier Kilometern nähere ich mich einer Lichtung. Die Hecke wird niedriger, über ihr erscheinen wie Hasenohren zwei Zinnen eines normannischen Kirchturms, die Hecke versickert, die Zinnen verlängern sich abwärts zum Turmkörper, die Hecke hört auf, der Körper gebiert eine Kirche aus Granit, beiderseits aufrechtgehalten von zwei Häusern, dahinter Friedhof, vorn Garten, die Gasse wird Straße, wird breit und bietet eine offene Tankstelle, ein geschlossenes Gasthaus, einen Feuerwehrschuppen, das Ganze rundet sich zum Dorf, und ich bin in St. Endellion, einem Ort, dem ich schon vor einer knappen Stunde nahe war, ich habe ihn in einer Spirale umfahren, bin von ihrem entferntesten Punkt darauf zugefahren, habe dabei meinen eigenen Weg überkreuzt, muß also dem Meer und dem Port, dem Ausweg schon näher gewesen sein als ich jetzt bin. Jetzt jedenfalls bin ich wenige Kilometer von dem Punkt entfernt, von dem ich vor eineinhalb Stunden abgefahren bin. Das Täuschungs-System des Labyrinths funktioniert noch nicht einmal perfekt, sonst wäre ich an dem Punkt selbst.

Mit St. Endellion kann ich nichts Rechtes anfangen, die Erinnerung meldet sich nicht, hier war ich nie. Ein Wunsch nach Erfahrung wird um diese Stunde zwischen zwei Tageszeiten nicht wach. Das Kircheninnere sei wohlproportioniert, so heißt es im Führer, doch diese Anpreisung ist mir zu gering, wollte man derlei Hinweise prüfen, so wäre man stets auf Suche nach einer erfrischend schlechten Proportion. Ein Sherry im Gasthaus? Zu früh, d. h. vom Gasthaus aus gesehen, nicht von mir. Der Nutzen des Ortes besteht darin, daß er auch auf gröberen Landkarten verzeichnet ist, da sehe ich ihn im Verhältnis zu ganz Cornwall, ein Anhalts- aber kein Aufenthaltspunkt; ich bin am Rande des Labyrinths, eine Vorsicht hat mich hier angetrieben und flüstert mir den Rat zu, die Kreuzung vor mir unbeachtet zu lassen, mich unbeirrt in nördlicher Richtung zu halten, aber wo ist jetzt Norden? Ich folge einer Eingebung, sie führt geradeaus weiter. Noch bleibt es labyrinthisch, die Häuser verschwinden, das Dorf ist verwirkt, die Hecken richten sich wieder auf, die Gasse versinkt, alles wie zuvor, als habe ich nichts anderes gewollt, wieder rührt sich nichts als vor mir Vögel und über mir jetzt Wind, und noch einmal Kreuzung, diesmal ohne Wegweiser, wie ein verschwiegener Irrtum, ich überquere eine Straße, die ich schon mindestens einmal gefahren sein muß, in ahnungsloser Einzirkelung des Ortes mit dem wohlproportionierten Kircheninneren, hier hätte ich vorhin abbiegen sollen, aber wohin, und woher kam ich? Die Kreuzung ist stumm wie der gesamte Vormittag, kein Laut außer Zwitschern und Motor. Ich fahre in Verfolgung meines Auswegs, an den ich glaube, aber immer nagt der Gedanke an mir, daß ich spätestens morgen wieder in den Irrgarten muß, denn Port oder nicht, ich kann mich weder an der Küste abstoßen, noch kann ich mich an ihr entlangtasten. Die Strände sind zwar breit, aber die Landspitzen setzen ihnen Zäsuren tief ins Meer. Unerwartet erscheint ein Wegweiser:

Portquin: ein-dreiviertel Meilen

und ich bin gerettet, für den Rest des Tages und die

kommende Nacht entronnen und in Freiheit, ich habe das Meer vor mir,

jetzt lasse ich mir Zeit, ich lasse mich wieder langsam treiben. An einer dünnen Stelle der Hecke, wo ihr Gewebe fadenscheinig wird, halte ich an, möchte in Ruhe überblicken, was ich hinter mir lasse, erklettere die unterste Schicht der Verschanzung, höre ein jähes Flattern im Gebüsch, Flügel entwinden sich dem Geflecht, ich habe eine Welle des Schreckens in Bewegung gesetzt, einen Mikrokosmos aus den Fugen gehoben; soeben noch voller Leben, ist er jetzt entvölkert, aber das läßt mich kalt, es gibt kaum rücksichtslosere Lebewesen als Vögel, daher auch von meiner Seite keine Sentimentalität, – ich blicke durch ein leeres Nest, eine Stichprobe: Heide, durchzogen von Doppelreihen, unter denen ich die Straßen weiß, auf denen ich schon gefahren bin, und auf denen ich noch fahren werde, Brachland, und hier und dort ein vereinzelter Baum, Gattung unkenntlich, ein blattloses Skelett, versteinert, windgeneigt, die Krone vom ewigen Seewind aufwärts gebürstet, zu einer Windstromlinie gefräst und geschliffen, alles an ihm reckt sich landeinwärts, in Flucht vor dem Meerhimmel, dem Landhimmel zustrebend, vergeblich. So steht er da, der Baum Cornwalls, immer nur einer, nicht einmal in Gesellschaft des eigenen Schattens. Der Wind bewegt seine wenigen beweglichen Teile, –

jetzt muß König Lear auftreten, Lear auf einem seiner wahnwitzigen Irrgänge, begleitet von dem einzigen Besitz, der dem tollen und törichten alten

Mann geblieben ist: dem Narren, der seine alberne Weisheit meist singend in die leere Gegend streut, und der Wind zerfetzt das Gesinge. Dies hier ist Lears Hintergrund, dieser Baum auf der Heide im Land seines bösen Schwiegersohns Cornwall ist sein letztes Requisit, aber er gewährt ihm keinen Schutz, mit Recht. Lear, den uns das Theater fälschlicherweise nur nachts zeigt, an einem Tag von grausamer Helle wie diesem, mit letzter Kraft – alle seine Kräfte sind die letzten – an den Baum gelehnt, und geduckt in seinem Windschatten dieser spindeldürre Narr, der es nicht mehr lange schaffen wird, dessen Treue zu seinem Herrn mir immer ebenso unbegreiflich gewesen ist wie sie ihm selbst ist, und der plötzlich unvermittelt verschwindet, als habe sein Autor nichts mehr mit ihm anzufangen gewußt; seine letzten Worte sind: ›And I'll go to bed at noon.‹ Schöne Worte –

der Schauspieler Stephen Haggard, den ich im Old Vic als Narren gesehen habe, wurde im Krieg Offizier, hatte aber bald genug von diesem Krieg, schrieb ein kurzes Buch betitelt ›I'll go to Bed at Noon‹ und erschoß sich in der Eisenbahn zwischen Kairo und Jerusalem.

Lears weißer Bart liegt waagerecht im Wind, die Spitze ist eine flatternde Fahne. Zwar wird auf der Bühne sein Bart immer kleiner, auch den Ältesten rasiert man die Bärte, als äußere Manifestation einer inneren Entrümpelung, die aber im Falle Lear müßig bliebe, für diesen Falsch-Spekulanten findet sich keine zeitgemäße Parallele, er ist unauswertbar und unrettbar. Zudem ist der weiße Bart im Text verankert, wie sein hohes Alter, obgleich er drei soeben erst heiratsfähige Töchter hat, eine Kindermärchenkonstellation. Seine Frau muß er früh ins Grab gebracht haben, was niemanden erstaunt, der die Wandlungen seiner Wut im ersten Akt auf sich wirken läßt. Immerhin geht er an der Einsicht seiner eigenen Fehler zugrunde, aber nicht wirklich: in Wirklichkeit geht er, wie aller balladeske Widersinn, vor allem wenn er Tränen zieht, niemals zugrunde, auch der Götz lebt noch, niemand will die Nachkommenschaft sein, die ihn verkennt. König Lear ist ein Archetypus; verstoßen zieht er umher bis in alle Ewigkeit, mit seinem weißen Bart, der gar nicht lang genug sein kann, er sieht aus wie eine Kreuzung von Rübezahl und Methusalem, seine nackten Arme sind beschwörend gegen den Himmel gestemmt, der Mund ist zahnlos und schmäht und flucht. So und nicht anders steht er da, unter diesem Baum in Cornwall, vertrieben aus den wirtlichen Ländern der beiden schlechten Töchter, die manche ihrer Abarten von ihrem Vater geerbt haben. Goneril und Regan, das wären schöne Töchternamen, aber sie sind belastet wie der Name Kain.

Es gibt hier, als Ausnahme von der Regel, noch einen anderen Baum, seltener freilich, und noch stärker stilisiert. Auch er gehört nicht mehr ins Gebiet der Pflanzenkunde, er ist jeglicher Bestimmbarkeit entwachsen. Einer, der versucht hat, aufrecht zu stehen, eine trotzige Senkrechte in einer waagerechten Welt. Er hat es auch bis zu einer gewissen Höhe gebracht, bis der Blitz in ihn fuhr, ihn von der Krone herab zersplittert und nichts übriggelassen hat als nackten Stamm und stumpfe Äste. Nun steht er da, ein plumper Kleiderständer, ausgesetzt in einer kleiderlosen Öde. Er wartet auf Zweie wie Wladimir und Estragon. Sie werden ihn betrachten, werden seine Äste auf ihre Festigkeit prüfen, denn hier ist der Ort für sie, um sich aufzuhängen, denn Godot kommt nicht.

Hinab zum Meer. Endlich senken sich die Hecken und bleiben hinter mir. Ich bin aus dem Labyrinth fürs erste entlassen. Eine leichte Schräge setzt an und hebt mich über eine Schwelle wie über einen schließlich abgerungenen Entschluß, der sich gelohnt haben wird, und ich beginne bergab zu segeln, ein Flugzeug, das zum Landen ansetzt. Die leichte Schräge wird schräger, ich werde zum Vogel, der bald tauchen wird, immer schräger, jetzt schon Gefälle, abenteuerlich, immer schräger, ein Rodel-Abhang, ich ziehe einen Querschnitt durch die Schichten der Erdoberfläche, an den Seiten überlagern einander die Sedimente, unten werde ich dann bei Urzeitlichem anlangen, fahrend erlebe ich ein illustriertes Schulbeispiel der Geologie, ich bin in Cornwall, in England, ›this precious stone set in a silver sea‹; wie eine Mikrobe gleite ich an der geschliffenen Kante dieses Edelsteins hinab, dem Silbermeer zu, das ich erwarte, noch sehe ich es nicht. Ich weiß, daß es nicht silbern sein wird, sondern hellgrün. Weiter hinab, beinah im Sturz, die beiden Felshänge zu meinen Seiten werden steil, wachsen an zur Riesenpforte, bremsend schlängle ich mich durch ihre Enge, und mein Weg wird wieder breiter, jetzt kündigt die Bucht sich an, die Wände treten zurück, die Schlucht gibt mich frei, ich bin zwischen Grün in einem Raum von Frühling, unerwartet; kein Wind, es ist mild; oben liegt Cornwall, ich bin unten, außerhalb und unterhalb der Befestigung, die das Labyrinth trägt. Vor mir ein paar tote graue Häuser aus Granit, dahinter ist das Wasser: es ist ruhig, noch kein offenes Meer, die Bucht windet sich weit hinaus. Es ist Ebbe an ihrem tiefsten Punkt, das Wasser spült die liegenden Felsbrocken und überzieht ihre Flachseiten mit Glanz, der nach jeder Welle langsam wieder verschwindet, es schleckt an den Trümmern von Kaimauern und an verstreuten Resten von ehemaligem Gerät, die es bei Flut zum Verfaulen treibt, manches liegt schon, schwarz und unkenntlich geworden, im Wasser und löst sich langsam auf.

Portquin: kein Dorf mehr, sondern ein romantisches Relikt, ein rechteckiger Platz, gesäumt von vier oder fünf verlassenen Häusern, und davor, amphitheatralisch, die Andeutung eines Hafens; alles Bauwerk von Kraut und Unkraut umzüngelt, da wächst es durch Ritzen in die Häuser, Malve, Fenchel, Baldrian, als solche noch nicht kenntlich, denn es ist März, aber ich weiß es, ich kenne den Ort. Vor fünfundzwanzig Jahren war ich hier, damals war

Sommer, und alles von Ranken grüner Kräuter überzogen, es wäre die Wonne eines Gesundheitsteetrinkers gewesen, er hätte seine Essenz nur von den Mauern zu zupfen brauchen. Schon damals herrschte eine trostlose Idylle, denn hier hat die Wirklichkeit eine Ballade inszeniert: um 1890 kamen alle männlichen Bewohner in einer einzigen stürmischen Nacht in einem einzigen Boot beim Fischfang ums Leben. Seltsamerweise hat niemand das besungen, nur Einer hat es gemalt: Holman Hunt. Das Bild heißt ›Hoffnungslose Morgendämmerung‹, der Titel verrät die Qualitätsklasse, es zeigt Frauen, die aufs Meer blicken, vermutlich hoffnungslos, man sieht sie nur von hinten. Die Frauen haben das Dorf verlassen, seitdem ist es ausgestorben, außer im Sommer, wenn ein paar Gäste versuchen, einen späten Schauer der Ballade zu erhaschen. Jetzt sehe ich hinter einer Fensterfront wieder Glasscheiben in frischgestrichenen weißen Rahmen, und vor dem Haus steht ein gefüllter Milchkrug. Ein Anblick, der zum Mitvollzug selbstgewählter Einsamkeit auffordert, eine allzu pathetische Gebärde der Abwehr. Wahrscheinlich ein Kunstgewerblerehepaar – der Krug deutet auf Keramiker –, das hier in höherer Absicht den Zug der Zeit verpaßt und die Zeit dafür bestrafen möchte. Wer bringt ihnen die Milch?

Außer diesen Milchtrinkern hinter der Mauer ist hier niemand, alles Leben ist außen an den Felsen zerschellt oder landeinwärts abgezogen. Ich stehe in einem toten Raum, ich höre nichts als das Wasser der zurückkehrenden Flut, wie es, in jähen schaumtreibenden Stößen landwärts drängend und in träger Gegenbewegung wieder abziehend, den seichten Spiegel mit neuen Schichten überzieht. Die Felsen beiderseits der Bucht werfen einander das Echo zu, so wird das Rauschen dreidimensional, ein Klangeffekt. Lautlos dagegen, obgleich sie als lärmend gelten, vier Austernfischer, die an der steigenden Wassergrenze umhergehen, vier prächtige Vögel, zwar ohne Eleganz, eher massig, aber eben die gesamte Masse ein Wasservogel, ein großes Tier, das fliegt und schwimmt, ein Stück anachronistische Materie. Austernfischer sind vielleicht weder selten noch seltsam, aber bald werden sie beides sein, und für einen Bewohner des Gebirges wie mich sind sie es schon jetzt: weißes Flügelband, schwarzer Kopf, riesiger Schnabel, leuchtend orangerot, Geschöpfe der Phantasie. Da stehen sie wie auf Stelzen, suchen zwischen den Steinen Nahrung, kommen einander ins Gehege, versuchen in blitzschnellem Schnabelgefecht, einander einen Bissen wegzuschnappen, – und zwischen ihren steifen Beinen läuft, wie durch große Tore, ein winziger Strandläufer hin und her, unbehelligt von der Gesellschaft der Großen, denen er kaum bis ans Kniegelenk reicht. Mit einem kurzen Hieb schnappt er ihnen hin und wieder einen Brokken weg. Ihn sehen die Austernfischer nicht, so wie er sie nicht sieht. Er glaubt sich allein, er läuft sein Muster in den Sand, pickt seine Beute, er scheint eine Tarnkappe zu haben, es ist, als sei er nicht Materie sondern ein kleines Vogelgespenst, das unter großen Lebenden wandelt, um einem Zuschauer die

Vorzüge einer jenseitigen Unsichtbarkeit vorzuführen. Der Zuschauer bin ich. Ich bin es, der den Nimbus der Einsamkeit an ihn heranträgt und ihn damit umgibt, in Wirklichkeit sieht alles anders und prosaisch aus, aber wer wüßte Bescheid über die Wirklichkeit eines Vogels?

Ich will weiter, zu einem anderen Port, nach Port Isaac. Zu Fuß wäre es ein Weg von zwei Kilometern, der Küste entlang. Mit dem Auto muß ich wieder hinauf ins Labyrinth und mich elf Kilometer nördlich der Peripherie entlangtasten bis zur nächsten Abzweigung, links hinab. Wieder hinauf also in einem mächtigen Anlauf, um die Steile zu überwinden, ich gebe Gas – ekelhafter Ausdruck! – und habe Portquin hinter mir. Jetzt zeigen sich andere Sichten als auf meinem Weg hinab, ich sehe die Festung gleichsam von außen. Über den Felsen steht ein Turm, den ich weder vorher noch früher gesehen habe, den hat die Sage gebaut, Sage und Geschichte sind hier schwer zu trennen. Ein Relikt, ein Versatzstück. Hier und westlich von hier webt Wagnerisches, harrt Tristan, sehnt sich Isolde, späht, auf einen Schild gestützt, die Hand schützend vor den Augen, Kurwenal, dieser hündische Getreue, wacht Brangäne, die alte Kupplerin, – dies hier ist ein Brangäneturm, hier steht sie, eine durchtriebene Mischerin, die trübe Fackel in der Hand, oder sie sitzt und webt wie eine Norne am Gewand der Nacht, während irgendwo, in einem fliederduftenden Versteck, Tristan und Isolde miteinander im Bett – oder besser: auf einem La-

ger – liegen, einander küssen, das Haar streicheln und in Alliterationen anreden, denn aufs Vögeln sind sie nun einmal leider nicht angelegt.
Östlich von hier liegen, weit über eine schroffe Küstenwildnis verstreut, die Ruinen der Burg Tintagel, einer der zahlreichen Orte, deren Fördererkreis König Artus und seine Tafelrunde ausschließlich für sich beansprucht. Die Tatsache, daß es wahrscheinlich weder diesen Helden noch seine ihm an Tugenden ebenbürtigen Ritter jemals gegeben hat, öffnet das Feld der Spekulation noch heute immer weiter, ein Ort lebt nicht nur von den zerfressenen Resten des Schauplatzes sondern von dem Dunst einer Welt aus Wunsch und Vorstellung, dem scheinbaren Wirken eines Kreises der positivsten Helden, die jemals erdacht und auch Erwachsenen zur Identifikation angeboten wurden, und eine an Umfang beträchtliche Literatur lebt von ihrer Deutung. Sie ist von außen an ihren romanischen Lettern zu erkennen und in allen Papierwarenläden der Umgebung erhältlich.

Die Hecken fangen mich wieder ein, die Straße läßt sich zur hohlen Gasse herab und nimmt mich auf, das Labyrinth hat mich wieder. Jetzt die erste Kreuzung, ohne Wegweiser, doch ich weiß: links jetzt, immer links, der äußersten Gasse entlang und schnell und immer in der Hoffnung, daß mir keiner entgegenkomme, –
und es kommt mir keiner entgegen, die Milchwagen fahren früher, die Damen zum shopping später, sie verbinden es mit einem Treffen zum lunch, und von

Gästen ist Cornwall noch leer, es ist März, die Sonne, die jetzt in den Rissen zwischen den Wolken erscheint und den Dunst auflöst, stand nicht auf dem Programm, sie ist zu dieser Jahreszeit ein unerwartetes Geschenk, mit dem niemand rechnet, daher ist sie auch Ausgangspunkt jedes Gesprächs und manchmal gleichzeitig das Ende. Am wenigsten rechnen mit ihr die Besitzer der Hotels für Angler und Golfspieler, ihre viktorianischen Bauten sind noch verrammelt, sonst hätte ich hin und wieder den Umweg gemacht, wäre hineingefahren in diesen oder jenen Park, der auch ein Schloß umgeben könnte, hätte nachts in einem Himmelbett geschlafen, anstatt in jenen konkaven Gestellen, mit denen ich vorliebgenommen habe und noch vorliebnehmen werde. Denn die Orte, die wieder aufzuspüren ich mir vorgenommen habe, in der Absicht, Perioden der Vergangenheit anhand ihrer Schauplätze zu rekonstruieren, verfügen meist nur über ein Minimum an Annehmlichkeiten, das Erinnern fordert seinen Preis; die Schlafzimmer sind meist mit Stücken möbliert, wie man sie auf Dachböden findet, angesichts derer man sagt: eigentlich ist das noch zu gebrauchen. Und so ist es auch. Die Einrichtung ist, wie eben vieles in England, gerade noch zu gebrauchen, die Angst vor unbekannter Neuerung wertet sie auf, sie ist mit einem Hang zu liebevoller, wenn auch sparsamer, und, vor allem, auf beeindruckende Weise geschmacksverachtender Improvisation arrangiert. Immer ist sie provisorisch, spricht dem Endgültigen Hohn und symbolisiert somit das Verweilen zwischen ihren Elementen und damit das Reisen, ja, das Altern: es ist, als sei dies alles nur um jeweils eine neue und immer kürzere Zeitspanne der Vergessenheit entzogen, in die es schließlich versinken muß, und jeder Gast mag sich fragen, ob er der letzte sei, der diese Schublade schließt oder sich aus diesem Bett erhebt. Die Schlafzimmer sind ohnehin meist nur der in Winkeln sich verlierende Wurmfortsatz der vorderen Gasträume eines Wirtshauses, des ›pub‹. Winzig und vieleckig gleichen sie mitunter Schiffskabinen, allerdings ohne deren zweckmäßiges Ineinandergreifen der Gegenstände oder Installationen, denn auch diese bieten das Bild – und die Funktion bestätigt das Bild sofort – einer Zwischenlösung, eines Stadiums in einer Folge eng auseinander sich ergebender Vorläufigkeiten; als sei der Installateur nur schnell weggegangen, um etwas zu trinken und kehre gleich zurück. Gewiß, er ist weggegangen, um etwas zu trinken, aber er kehrt nicht zurück, er liegt seit Dekaden auf dem Friedhof; das Bild trügt, der Wasserhahn tropft, er zählt die Sekunden einer Ewigkeit, deren Bruchteil eine hier verbrachte Nacht ist; gegen Morgen erscheint eine solche Nacht rückblickend als ein erheblicher Teil des Lebens. Durch die Ritzen der Fenster zieht es, es weht durch die Fugen des Holzes, denn nachts herrscht hier beinah immer der Sturm, nur manchmal macht er eine Pause und überläßt die Herrschaft seinem schwächeren Vertreter, einem starken Wind, der dafür zu sorgen hat, daß nichts was beweglich ist, zur Ruhe kommt, daß alles als unbeweglich Gedachte schließlich beweglich wird, und daß das Feste seinen passiven Widerstand zumindest mit einem Pfeifen oder Dröhnen bezahle. Jede Nacht bette ich mich zwischen Quellen von Geräusch, eine Partitur, es zieht und saugt durch die Luken, das Holz ächzt und wirft den klebrigen Anstrich vieler Jahre ab, schichtweise, jeweils in geringen Dosen. Eine Dachrinne klappert, oder etwas Unbekanntes, Niegehörtes, meldet sich sacht und wird im Lauf der Nacht beharrlich. Dazu kommt das Krähen der Raben, das Kreischen der Möwen. Das Meer rauscht, oder Wellen schlagen an eine Kaimauer –

immer andere Möwen, immer andere Raben und Rinnen und Ritzen, anderes Holz, ein anderes Zimmer, anderer Gasthof, anderer Ort, eine andere Küste, Süd-, West-, Nordküste – und dazwischen, tags, immer wieder hinauf, immer der Schnitt durch die geologischen Schichten und hinein ins Labyrinth mit seinen Hecken und Gassen, den Kreuzungen, den Knotenpunkten der Irrwege aus allen Richtungen.

Gewiß: Gekrächz und Gekreisch, Ächzen im Holz, das Rauschen des Meeres, der Wellenschlag, die spülenden oder leckenden Wasser, Wörter, Wörter, sie bauen den Gemeinplatz aller nördlichen Meeresküsten auf, soweit sie bewohnt sind, es schieben sich bekannte Hintergründe ineinander und werden zu Bildern und Kulissen, zwischen denen Gestalten vom isländischen Sigurd bis zu Peter Grimes ihre kalten Schicksale erleben und ihnen erliegen. Dazu gesellt sich der jeweils regionale Überlieferungsballast, Cornwalls sinistre Seeräubersaga, die Gasthäuser, tief in den Buchten verborgen – man sieht sie noch –, ihre ewig knarrenden Türen, darüber die ewig im Wind schaukelnden Funzeln, darinnen wanken und torkeln die Männer, die das Gesetz verachten, auf dem Kopf den Dreispitz, das linke Auge hinter einer schwarzen Klappe, die Rumflasche in der Jackentasche, der Beinstumpf auf einer hölzernen Stelze, draußen wartet mit eingezogenen Segeln das Piratenschiff. Und Damen der Skala von Empfindsamkeit bis zu Trivialität, von Charlotte Bronte bis zu Daphne du Maurier, haben solche Hintergründe gewählt, haben sich der Küstengeräusche als Begleitmusiken bedient, ihre Töne sind abgenutzt, Klischees, die uns kaum noch den Seufzer der Ermüdung entlocken. Selten jedoch entlarven sich die Klischees als Lügen, sie haben ihre Wurzeln in der Erfahrung der Wirklichkeit; wenn man sie weit genug zurückverfolgt, hinweg über alle Hindernisse der Moden und der Literaturen, so trifft vorn in der Zeit das beschriebene Ding mit dem beschreibenden Klischee wieder zusammen und akzeptiert es als treffenden Ausdruck. Es ist der Topos, der die Topographie macht. Ich konstatiere also die Tatsache, daß es in Cornwall rauscht und weht und zieht und ächzt und stöhnt und heult. Ich bin hier einem großen Register dessen ausgesetzt, was die Natur an Aktion und Ton aufzubieten hat, und, vor allem, dessen, was sie an Sekundärem in Bewegung setzt. Nicht nur Sonne und Mond, Meer, Sturm und die zweiunddreißig Winde der Rose spielen mit, sondern auch Holz, Blech und Gerümpel, der Abfall, das Faulende, flotsam and jetsam. Dazu der Zyklus der Gezeiten, Ebbe und Flut, die archaischen Riten der Natur, unbrauchbar, unauswertbar, ja, unpraktisch, sie vermitteln auch keinerlei kosmische Magie, kein Weltgefühl, keine Luft von anderen Planeten, aber sie sind immerhin die einzige elementare Bewegung auf der Schale des unseren und zeigen die intime Beziehung zu seiner, bisher noch so geduldigen Begleiterin an, dem Mond.

Wieder über eine Schwelle, wieder abwärts, schräg und schräger, schneller werdend, der nächsten Bucht zu, in der, steil am Abhang und tief in seinem Schatten, Port Isaac liegt. Ich erinnere mich an dieses Hinabsegeln im hohen üppigen Sommer vor vielen Jahren, die Pracht war voll, noch nicht verladen, es bot sich ein anderes Bild der Bucht als jetzt, im schwindenden Winter, das Bild damals war ein Constable, eine reiche Palette von zartestem bis zu sattem Grün, durchlöchert von violetten Schatten, ein Bausch von Gewitterwolken stand am Himmel aufrecht, Krönung der Landschaft, wie auf dem Portrait der Simonetta Vespucci, nur war sie nicht im Bild, im Bild waren vier Malerinnen. Mit ihnen verband mich nichts als lange Freundschaft und Malerei, was ja auch nicht wenig ist. Wir wohnten zu fünft in Port Isaac, und vier von uns standen unter dem – nicht etwa indolent hingenommenen sondern selbstverständlichen und willkommenen – diktatorischen Regime der einen, noch nicht einmal Ältesten, die das Tempo des Tageslaufs angab und seine Nutzung bestimmte. Ich habe mich auch später niemals um eine Analyse dieser seltsamen Rollenverteilung bemüht, sollte hier aber gar verdrängte Perversität im Spiel sein, so war die Anomalie zu einem solch hohen Grad sublimiert, daß dieses Beispiel den Praxisbericht eines Analytikers nicht krönen sondern ganz und gar unglaubhaft machen würde: zu gut. Diese Anführerin agierte mit Vernunft, ihre Weisungen waren wohl ausgewogen, unserer Unterstützung war sie sicher. Zeitverschwendung wurde schon allein durch die rationale Disposition der Mittel vermieden: an einem Tag wurde nur gemalt, an einem anderen nur gezeichnet, am dritten nur gebadet, am vierten gefahren und besichtigt, sie hatte das Auto. Die Gespräche am Strand und bei den Mahlzeiten, zugleich träg und animiert, gingen um Kunst und – es ist lang her, – blieben beinah ausschließlich bei der Kunst. Soweit ich mich erinnere, behandelten sie noch nicht einmal die potentielle Stellung, die einer von uns dereinst in dieser Kunst einnehmen könne, obgleich nicht selten Ehrgeiz, Eifersucht oder Angst hinter einer Randbemerkung erschienen, ein kurzes entlarvendes Wort, ein Aufhorchen der anderen und ein Wechsel nicht des Themas sondern des Aspektes; nur eine von uns hat es als Künstlerin weit gebracht, das war noch nicht einmal die Anführerin, die hat bald darauf einen Kirchenfenstermaler geheiratet, John Baker hieß er; ihren Namen dagegen habe ich – seltsamerweise – vergessen, die anderen hießen Monica, Barbara und Eve, das Biblische ist Zufall. Unser Privatleben hatten wir in London gelassen, die abwesenden Partner dieser Privatleben wurden, allem Anschein nach, nicht vermißt, wahrscheinlich waren die jeweiligen Bindungen ohnehin locker, möglicherweise sollte sogar die Abwesenheit dazu dienen, sie um ein weiteres zu lockern. Man war auf Urlaub von allem außer von der Kunst und hatte sich in einer improvisierten Kombination zusammengefunden, um in ungewohnter aber angenehmer Umgebung mit jenem unbekannten Faktor zu experimentieren, den wir für unsere Berufung hielten.

Das Haus, in dem wir wohnten, erkenne ich an der Form, nicht an der Farbe, es ist, wie andere Häuser, weiß geworden, nicht vor Alter sondern vor Anstrich. Die vielgeschmähte Bewegung des Tourismus, die, was sie erobert, nach ihrem Bild formt, umschichtet und das Umgeschichtete in Verfolgung bestimmter, nur vage definierbarer, Illusionen visuell verändert, hat hierher unter anderem auch das Weiß getragen – woher es kommt, weiß ich nicht –, und hat es in dicker Schicht über das Granitgrau und das Schiefergrün, die Farben Cornwalls, gekleistert. Selbstverständlich hat diese radikale Einfärbung den Unmut der Freunde des ›ursprünglichen‹ Cornwalls erregt, jener Verfechter des ›Unverfälschten‹, die es überall gibt, und die leider niemals dazu angehalten werden, ihren Begriff des ›Unverfälschten‹ zu definieren, sie täten sich schwer. Es gibt ja viele, die am liebsten ganz England unter Denkmalschutz sehen würden und nicht merken, daß es das zu einem beträchtlichen Teil auch ist. Hier in Cornwall entzündet sich ihr Unmut am Prinzip, nicht am Resultat, er übersieht die Sache selbst, und die Sache widerlegt ihn: das Weiß ist gut. Zwar überdeckt es oft eine reiche Textur, dafür hebt es Struktur hervor, den oft abenteuerlichen Eckenreichtum eines Hauses, und präsentiert es dem Beschauer als Schmuckstück. Das ist es nicht immer, ist es aber in England häufiger als anderswo: eine grimmige oder schrullige Abwehr gegen die Möglichkeit einer Verwechslung, die zu Stein gewordene Laune des Besitzers, Spiegel seiner Eigenschaften, projiziert in alle Dimensionen, deren es zu seinem Leidwesen nur drei gibt. Die Winzigkeit der Räume kommt der Verwirklichung jedes Wunsches zur Verschönerung entgegen, jede Möglichkeit des inneren Eingriffs war stets in Reichweite des eigenen Armes. So hat man sich seit Tudorzeiten ein einmaliges Wohnmodell erarbeitet, eine museale Behaglichkeit, deren Preis die Unmöglichkeit der Sauberhaltung ist, aber das Verhältnis zur Sauberkeit ist hier ohnehin – objektiv gesprochen – ein gebrochenes oder – subjektiv gesprochen – ein lockeres.

Ich gehe einen Weg, den ich damals gegangen bin. Ich sehe mich auf diesen Pfaden über der Küste leicht beschämt hinter vier Malerinnen hergehen, die, wie Malerinnen und Maler es taten, große Mappen trugen. Ich trug auch eine. Aber wir waren jung, das mag das Bild dieses Aufzugs gerettet haben, falls uns überhaupt jemand zusah, für den man es hätte retten müssen. Ich malte nicht wie die anderen. Ich malte damals ›ungegenständlich‹. Dennoch wurden die offensichtlichen, die typischen Elemente dieser

Landschaft auf den Bildern in symbolartigen Wahrzeichen sichtbar: nicht nur war das abstrahierende Sieb zu grob, sondern mein Begriff von Übertragung war zu simpel. Ich habe die Bilder bald darauf vernichtet. Heute würde ich sie mir gern noch einmal ansehen, vielleicht würde ich den Schlüssel zu einem fundamentalen Irrtum entdecken, in den ich mich seitdem lange eingelebt habe.

Jetzt liegt die Bucht unter tiefen Abendschatten, die senkrechten Felsen strahlen Dunkelheit aus, aber die Dunkelheit ist gemustert, übersät mit Doppelpunkten aus blendendem Weiß, das die letzten Sonnenstrahlen speichert: Hunderte von Möwenpaaren in ihren Nestern, die Weibchen brütend, zu fedrigen Bällen aufgeplustert. Ich habe nie gewußt, daß Möwen monogam sind, glaube es trotz dieser überwältigen Demonstration von Familienleben noch immer nicht. Da lagern sie zwischen dem Gestein, fast neben meinem Weg, sie liegen, den Blick ins Unbestimmte gerichtet, in sich versunken, als sei dies die verabredete Ruhestunde für Meditation über die Zukunft ihrer Spezies, der sie nur in solch starkmachender Einigkeit noch eine Chance geben. Hin und wieder erhebt sich hier und dort eine, setzt zu einer Solonummer an und schwebt mit sparsamstem Flügelschlag hinunter auf einen Felsvorsprung oder hinüber auf die andere Seite der Bucht, sie macht eine Brutpause oder sie sucht Nahrung oder vielleicht einen Platz, an dem sie in Ruhe verenden kann, ohne die Gemeinschaft mit ihrem Tod zu belasten. In einer Bucht voller Möwen wie dieser tun jeden Tag mehrere ihren letzten Flug, vielleicht ist diese Ruhestunde die Stunde des Sterbens. Der natürliche Tod der Vögel ist ihr Geheimnis, er vollzieht sich im Verborgenen, ich habe niemals gehört, daß jemand ihn gesehen hätte, nur einmal, in Italien, da sank bei mir eine sterbende Schwalbe durch den Kamin in die Küche, offensichtlich war das Nest unter der Last des beinah toten Gewichts zusammengebrochen. Sie flatterte mit letzter Kraft in die entfernteste Ecke der Küche, beschämt über meine Zeugenschaft. Hier unter mir, über dem Wasserspiegel, gibt es Felshöhlen, für Menschen unerreichbar; vielleicht legen sich die Möwen dort nieder, aufgeplustert wie zum Brüten, und erwarten den Tod. Vielleicht sind diese Grotten gehäuft mit Möwenskeletten und faulenden Kadavern, unserer Sicht entzogen von einem kollektiven Trieb, den wir, wahrscheinlich fälschlich, als eine seltsame Würde deuten, wir wissen es nicht besser; als hätten die Tiere es darin weiter gebracht als wir, daß sie sich ihres Todes schämen.

Diese statischen Bilder bleiben haften, es sind die beweglichen, die entschwinden. Woher das kommt, weiß ich nicht, es scheint ein laokoontisches Problem zu sein, jedenfalls ein ästhetisches, vielleicht geht es auch nicht allen so. Ich sehe vor mir – ich werde es vermutlich immer vor mir sehen – das Bild der Möwen auf dem hellen Sandstrand von Sennen Cove, im äußersten Westen Cornwalls. Da stehen sie auf dem Strand, zu Tausenden, stehen auf ihren

Beinen wie auf angeknickten Säulen, unbeholfen, als sei das Stehen ihre Sache nicht. Ihre ungeheuerlichen Krallen ragen auswärts, um möglichst viel Boden unter den Füßen zusammenzuscharren, der ihren Stand trage. Und alle, Tausende, nach Süden gewandt, wie in Erwartung, als werde aus dieser Richtung sogleich, unfehlbar, der große Gott der Vögel kommen, der sie aus der Erstarrung einer absurden Gestalt erlösen werde, in der sie seit Jahrtausenden sinnlos hätten verharren müssen, und sie alle zu Menschen machen. Doch der Überblick trügt, der Ausschnitt im Feldstecher enthebt sie mythischer Deutung und reiht sie ein zwischen die Teilnehmer am Existenzkampf: sie stehen nicht in Erwartung, sondern in stumpfer Muße, mit leerem Blick, sie harren weder des Heils noch der Erlösung, sondern der herankommenden Flut und damit der angeschwemmten Nahrung, und sehen in der Tat zum großen Teil so aus, als ob sie Emma hießen. Andere heißen Armgard, Ortrud, Luitgard, Hedda, Edda, Hedwig.

Cornwall ist an seinen drei Meerseiten von einem Möwengürtel umgeben – diese Feststellung klingt wie der Anfang von ›de bello Gallico‹ –, aber nur zu bestimmten Tages- oder Nachtzeiten ist die Sicht auf ihn so still und statisch. An der Südküste, in Mousehole – geschrieben wie Mäuseloch, gesprochen wie muzzle, Maulkorb – in Mousehole sehe ich vor meinem Fenster eine schmale, hundert Meter lange Felsinsel, deren Stein unsichtbar ist unter dem Weiß und Grau der Möwen; im Morgengrauen schwärmen sie aufs Festland hinüber. Über dem Rauschen der einziehenden und dem Saugen der abziehenden Flut höre ich den gemeinsamen Schrei, kriegerisch, triumphierend und böse, ich sehe, daß sie die Küste überfallen haben, sie ergreifen, sich entfächernd, Besitz vom Festland, ein Generalangriff ohne Widerstand im Morgengrauen, und sind eine Stunde lang Eroberer und Herrscher, stehen auf Dächern, Schornsteinen und Antennen und sehen hinab in die Gassen, aus denen die Nacht sich hebt, so tragen sie zur Magie des Morgengrauens bei, bis unten Ansätze von Leben entstehen, der Rauch aus den Kaminen steigt, ein paar Männer still die Häuser verlassen, und sie sich wieder zurückziehen auf ihre uneinnehmbare Festung oder auch auf den Strand, oder im Hafen stehenbleiben, frustriert und geschlagen, in desolaten Gruppen oder allein, Figuren in einem Spiel, dessen Regeln sie nicht kennen, in dem sie nur Pfänder sind, unter dem Zwang einer Weisung handeln, die ihnen jeden Tag, Sommer und Winter, das gleiche Tagesschicksal auferlegt.

So beginnt der Tag unter meinem Fenster in Mousehole. Das Zimmer gehört der ›Ship Inn‹, einem alten Gasthaus, in dem ich früher noch war als in Portquin und Port Isaac: vor dem Krieg. Monatelang stand ich jeden Abend in der Gaststube in der Nähe der Theke auf dem Sägemehl und trank mein ›mild and bitter‹. Damals war es eine Fischerkneipe. Das ist es heute noch, aber es ist mehr, und es ist weniger. Der Fußboden ist nicht mehr mit Sägemehl bestreut, Messing, Zinn, Kupfer, an den Wänden ver-

teilt, damals noch stumpfes Alltagsgerät, glänzt jetzt und hängt, das Holz ist poliert, auf den Bänken liegen gemusterte Kissen. Die Seemannsrequisiten waren damals jederzeit verfügbar, den Rettungsring konnte man zu einer eiligen Aktion vom Haken nehmen, die Öllampe, immer gefüllt, draußen am Kai schwenken, obgleich ich mich nicht erinnere, daß etwas wie Seenot jemals die Trinkstunde unterbrochen hätte. Jetzt präsentieren sich die Dinge als Kuriositäten, entfremdet und beschämt über Glanz und Putz, sie sind in den ewigen Ruhestand versetzt. Im Ruhestand auch die Mehrzahl der habitués. Zwar stehen da noch tätige Dorfbewohner, Fischer oder Händler, aber vor allem stehen Oberstleutnante, die rechtzeitig ihren Lebensabend begonnen haben, um es in ihren Hobbies noch zu etwas zu bringen, wohlerhaltene Staatsbeamte in Pension, die hier ihren Neigungen und Abneigungen leben, anstößig gesund, Verfechter des out-door-life, es stehen Pfeiferaucher mit roten Schnauzbärten furchterregender Ausmaße, als seien sie zu Wettbewerben gezüchtet, in alten, an den Ellbogen mit Leder bestückten Jacken, dazu, in Tweed und Schottenmuster, ungraziös und sachlich, ihre Damen, die Geranien züchten, oder black-and-tan Terrier oder andere Tiere. Und dazwischen hier und dort, wie Inseln, die der Einheimische zu umfahren weiß, ohne sie so recht wahrzunehmen, Irrgäste, Vertreter oder Paare aus London, älter und ehrbar oder jünger und ehrbar oder jünger und schräg, auch älter und schräg, oder er älter, sie jünger, ehrbar und schräg zugleich, denn diese Kategorien gelten wohl, wenn überhaupt noch, nur in Mousehole und ähnlichen Fluchtpunkten, Cornwall war schon immer eine berüchtigt verschwiegene Zufluchtsregion für das gestohlene und verlängerte Wochenende, the naughty weekend, und die weekends sind ja immer länger und entsprechend naughtier geworden. Und zwischen allen diesen stehe ich, früher ein Teilnehmer, der die Inseln zu umfahren wußte und Wirt und Wirtin beim Vornamen nannte, heute eine Insel. Ich, in vergeblicher Ausschau nach irgendwelchen Zeugen, die mir ein älteres Anrecht auf Heimat bestätigen, in stummer Solidarität mit den veralteten Gegenständen an den Wänden, selbst veraltet. Hier stehe ich, ein Whatney in der Hand, denn das ›mild and bitter‹ ist wässrig geworden, und versuche, was mir schlecht gelingen will, mich von außen zu sehen, zu prüfen, ob ich zu den Ehrbaren oder zu den Schrägen gehöre, immer unter der Voraussetzung der hier in der ›Ship Inn‹ noch geltenden Maßstäbe. Damals jedenfalls gehörte ich ohne jeden Zweifel zu den Schrägen; Kunststudent, schon in sich selbst, ohne Rücksicht auf das Individuum, Schrecknis aller Londoner Zimmervermieter, sie hielten die Verführung des Aktmodells für den notwendigen Zielpunkt aller Kunst; einundzwanzig Jahre alt, in eigenmächtig und auf unbestimmte Zeit verlängerten Semesterferien, in Begleitung von Anthony, achtzehn, der von seiner Schule, Charterhouse, durchgebrannt war, um Maler zu werden, und Paddy, zwanzig, Tochter eines Bankdirektors, die ein Buch über sich selbst schreiben wollte, was sie schließlich auch tat. Wir drei, von der Erscheinung her gewiß nicht völlig unverdächtig, stellten das respektable Drittel unserer neunköpfigen Reisegesellschaft, den repräsentablen Vorschub, denn ihr Rest bestand aus drei Dieben und deren Gefährtinnen, alle sechs älter als wir, und von einer gewissen Erfahrung geprägt. Nicht daß man uns Jüngere der Hehlerei hätte bezichtigen können, zwar hatten wir die anderen schon längere Zeit gekannt, aber von ihrem Geschäft wußten wir nichts. Den Anführer Taffy kannte ich von der Odenwaldschule her, wo er eine kurze Zeit lang Englisch unterrichtet und einigen älteren Schülern einen alt-irischen Schwertertanz beigebracht hatte, einen kultischen Ritus, dessen Kenntnis, wenn ich es mir recht überlege, ihm schlecht stand, es war wohl seine einzige Nummer, die ihm Ehre einbrachte. Ob sich damals seine Abkehr vom Gesetz schon vollzogen hatte, weiß ich nicht, gewiß hatte er seine Zeugnisse gefälscht, die ihn als Erzieher auswiesen. Sein Gastspiel war denn auch kurz, er verschwand ohne Abschied, wurde jedoch von Schülern vermißt. Er war ein rauher blonder Ire, klein, dünn, zäh, sehnig und körperlich gewandt, dem ein paar Vorderzähne fehlten, vielleicht als Resultat eines im Nahkampf ausgetragenen Konfliktes. Der Zweite war Dennis, vorgeblich Journalist, ein sensibler labiler selbstmörderisch veranlagter Melancholiker, der hin und wieder über sein Versagen brütete, Engländer. Er spielte gut Klavier und kannte sich in der englischen Literatur aus, aus viel Verschüttetem ragten Reste einer Bildung, die er pflegte. Der Dritte war Dino, Spanier, umgänglich und versöhnlich, der Uninteressanteste der Drei, ein Obsthändler nach Aussehen und Gebaren und vielleicht sogar nach Herkunft und Ausbildung. Dennis hatte sich, seinen literarischen Neigungen entsprechend, die Buchhandlungen der Universitäts- und Kathedralstädte Südenglands zum Aktionsgebiet gewählt und wurde später – wohl weder zum ersten noch zum letzten Mal – gefaßt, als er in einem Antiquariat in Salisbury eine Erstausgabe der Gedichte von Coleridge in die Tasche steckte. Taffy trug zwei Arten von Verachtung alles Bürgerlichen und seiner Gesetze, eine zynische und eine grimmige, und er trug sie als solch transparente Masken vor dem Gesicht, daß ich meinte, viel könne dahinter nicht stekken, zumal da mir ja damals noch die Beweise fehlten, daß er es ernst meine, zynisch ernst und grimmig ernst. Ich denke an ihn mit einer gewissen nachsichtigen Verehrung, obgleich – wenn ich es mir recht überlege –: Loyalität hätte er auch gegenüber Nahestehenden kaum gekannt; mir hätte er nichts gestohlen, aber gewiß hätte er sich, ohne Rücksicht auf mich, nach Möglichkeit von dem Eigentum eines Dritten bedient, hätte ich ihn etwa zusammen mit einem solchen Dritten eingeladen. Auf Fragen der Kunst und ihrer Ausübung sprach er an, er war ein guter, geduldiger, wenn auch herablassender Beobachter unserer Versuche. Manchmal sah er Anthony oder mir über die Schulter, wenn wir zeichneten, und kritisierte unsere Arbeit, meist abfällig, er beugte sich hinab und ließ seinen Finger über das beanstandete Detail fallen, oder er wischte mit dem Handrücken über die Zeichnung, als wolle er unsere Striche dem Wind zum Verwehen zuschieben und die Weiße des Blattes wieder herstellen. Er wollte uns damit wohl bedeuten, daß wir niemals jene Höhe erreichen, die allein derlei ästhetische Fingerübungen rechtfertige. Daß uns diese Kindereien bald vergehen würden, wenn die väterliche Hand, ohne die er selbst habe auskommen müssen, sich von uns zurückziehe; einen einzigen Monat nur ohne den Scheck, und eine strenge Wirklichkeit würde sich vor uns auftun, als deren konsequentesten Vertreter er fälschlicherweise sich und seinesgleichen gesehen haben muß. Nachträglich denke ich auch, daß er sich bei der Beschäftigung mit unserer Arbeit von der seinen erholte, und zwar nicht wie ein Nazimörder, indem er genüßlich die Skala des Menschlichen vor sich ausbreitet und beim Spielen der Mondscheinsonate seinen Sinn für Höheres und Ewiges vor sich selbst demonstriert, sondern wie ein Vater, der sich, nach Prüfung aller Methoden, für ein Programm der Unerbittlichkeit entschieden hat und nun Vergnügen daran findet, die Kinder dem gewählten Programm zu unterziehen und die Welt ihrer Spiele zu zersetzen.

Ich sitze vor einer Collage aus gemusterten Papieren. Hinter mir höre ich Taffy sagen: ›I wish I were able to do something like that.‹ Ich nehme das Lob hin und versuche, meine Arbeit mit den Augen des Lobenden zu sehen. Erst mein zweiter Gedanke dringt in das Wesen dieses Lobes ein, prüft den Ton, mißt ihn am Wortlaut und verwirft seine Wirkung. Ich wende mich nach Taffy um, da steht er und grinst, und jetzt erst weiß ich, was er meint: nenne mir einen, dem mit dieserlei Spiel gedient wäre, selbst wenn es gelingen würde, was noch keineswegs sicher ist! Ob du es ein wenig besser oder ein wenig schlechter machst – sinnlos bleibt es auf jeden Fall! – Er hatte recht, schon damals; in gewisser Weise war Taffy ein Pionier.

Die Eigenschaften der drei Damen habe ich vergessen. Soweit ich mich erinnere, war Dennis' Gefährtin seine Frau. Sie wurde ›Peter‹ genannt, warum, das weiß ich nicht, der Name saß ihr schlecht. Sie war eine dunkle indolente langsame unpraktische Schönheit aus Wales, die wenig sprach, wenig zuhörte, jedes an sie gewandte Wort traf sie unerwartet. Die anderen waren blond, hausfraulich betulich und vordergründig, Elisabeth und Kennette, der Name klingt selbsternannt, ich denke, ihr Hintergrund war die Boutique, Kunstgewerbe jedenfalls, vielleicht war sie halb Französin, sie tat so. Paddy, Anthony und ich, Künstler, jung, aus respektablen Familien, waren Vorwand und Alibi, mit unseren Zeichenblöcken und Blicken, die sich auf Motive und nicht auf Beute richteten, deckten wir Eigenart, Herkunft und Ziel der restlichen Gesellschaft. Denn Künstler waren und sind in Cornwall nicht selten, Diebe waren damals seltener. Und soweit ich mich erinnere, erregten wir keinen Verdacht. Vermutlich

fiel das herausfordernde Betragen der Jüngeren mehr auf, als die scheinbar dezente Zurückhaltung der Älteren.
Weshalb die drei Männer Cornwall gewählt hatten, weiß ich nicht. Ich denke nicht, daß es dort viel zu holen gab, außer vielleicht in den Antiquitätenläden, an denen Cornwall reich ist. Es ist nicht ausgeschlossen, daß sie im Auftrag dunkler Londoner Händler reisten, obskurer Mittelsmänner des Zwischenhandels. Aber das ist eine Mutmaßung, ich habe nie ein Wort gehört, geschweige denn ein Ding gesehen, das sie bestätigt hätte, wäre freilich weder auf Wort noch auf Ding vorbereitet gewesen. Wahrscheinlich hatten sie es für ratsam gehalten, eine gewisse Zeit aus London zu verschwinden, und Cornwall war damals weit von London entfernt. Es gibt, hätte man gesucht, mehrere Möglichkeiten der Deutung, und ohne Zweifel hätte es auch Anhaltspunkte gegeben, aber wir drei hatten zu Argwohn keinen Anlaß. Heute stellt sich die Frage, wie wir uns verhalten hätten, wäre die Wahrheit plötzlich vor uns erschienen. Damals wäre es mir vielleicht schwerer geworden, meinen Schreck mit Vernunft einzuordnen, als heute, da man die geringen Vergehen des Diebstahls an den Taten gesellschaftsfähiger, um nicht zu sagen gesellschaftsbildender, Verbrecher messen muß.

Wir waren in zwei Autos von London gekommen, ich weiß nicht, wem sie gehörten, vielleicht keinem von uns. Wir waren nachts und wohl ziemlich eilig aus London abgefahren, fuhren zweimal durch die Nacht, den Tag dazwischen verbrachten wir auf einer Wiese in Somerset, Zigaretten oder Grashalme im Mund, in mußevoller Planung der näheren Zukunft; von der Verschiedenheit der Ziele ahnte ich nichts. Im Morgengrauen kamen wir in Mousehole an, ein Haus wurde auf geheimnisvolle Weise geöffnet, ich war zu müde, um nachzudenken, ob diese Öffnung rechtmäßig vor sich ging. Wir traten ein. Alles im Haus war dunkel, es war leer, erst allmählich bildeten sich schräge Strahlen frühen Lichts zwischen Fenstern und Fußboden. Alle Zimmertüren waren offen, als würden wir erwartet. Wir verteilten uns auf die Zimmer, wickelten uns in Decken, legten uns auf den Fußboden, und so schliefen wir im Morgengrauen ein. Ich erinnere mich, daß nichts mich störte, nicht die Härte des Lagers oder der anbrechende Tag, noch nicht einmal das Gekreisch der Möwen, die um diese Zeit das Festland eroberten. Keinerlei Heimatlosigkeit, die mich jetzt, wo ich an keinen Ort mehr gebunden bin, an jedem Ort überfällt. Was immer wir den Dieben waren, Geiseln, Pfand oder Tarnung, wir waren bei ihnen gut aufgehoben.

Später haben wir ein Haus gemietet. Ich habe es nicht wiedergefunden, auch hier ist inzwischen viel Granitgrau und Schiefergrün weiß geworden. Und während Paddy schrieb, Anthony zeichnete oder selbstgestellte typographische Aufgaben löste und ich meine ersten Collagen versuchte, die drei Damen sich den Haushalt teilten, tranken Taffy, Dennis und Dino Bier, entweder hier an der Theke der ›Ship Inn‹ oder auf Betten liegend, oder sie waren abwesend und gingen einer Tätigkeit nach, nach der zu fragen uns nicht in den Sinn kam. Die Unterhaltung bei den Mahlzeiten war locker, der Ton ungetrübt, die Skala der Themen war weit. Dennis warf ästhetische Fragen auf, er prüfte unser Rezeptionsvermögen, um es mit dem seinen zu messen. Taffy war strenger, er tastete jedes Thema nach seinem sozialen Aspekt ab, und hatte es keinen, so warf er es weg. Dino schwieg, er gab nicht vor, einen Beitrag liefern zu können, er war ein Mann der Praxis, als solcher verläßlich. Nachts schlief ich in einer Kammer voller Balken und Winkel; eine karge Zelle zwar, aber geräumig, luftig. Sie war der Vorraum des Schlafzimmers Taffy-Elisabeth. Sie hatten mich dazu dressiert, ihnen den Morgentee ans Bett zu bringen. Ich tat es gern. Ich brachte meine eigene Tasse mit, setzte mich zu ihnen ans Bett, und langsam wurde aus einsilbiger Verschlafenheit, aus Taffys sarkastischem Morgengrimm, ein Gespräch, ein improvisiertes Präludium des Tages.

Schließlich mußte jedoch auch dieses Gemeinschaftsleben enden, auf Dauer war es nicht berechnet. Es endete nicht mit einem Krach, vielmehr zerfloß es langsam, in unausgesprochenem Zerwürfnis, denn jeder von uns hatte acht Mitspieler und somit potentielle Gegenspieler, die Grundlage ewiger Harmonie war nicht gegeben. Nachträglich wundere ich mich, daß es so lange gutgegangen war. Vielleicht war der erste Anstoß ein materieller, Geldknappheit, ich weiß es nicht mehr, vielleicht war das Jagdgebiet unergiebiger als die Jäger erhofft hatten. Das Zusammenleben war gut gewesen, es hat die Erinnerung an den Zusammenbruch verdrängt. Es fiel wohl plötzlich einer aus, eine Partnerin reiste ab, hinterließ Anschuldigungen gegen eine andere, mit der nun nicht mehr auszukommen war, Entschlüsse der Auflösung reiften, der allgemeine Aufbruch zögerte sich hin, denn in London drohten andere Realitäten, aber dann war es vorbei. Eines Tages fanden auch Anthony und ich uns wieder in London und knüpften, nicht ohne Mühe, an unser Vorleben an. Paddy war uns abhanden gekommen, sie saß eine Jugendstrafe ab, hatte bei Blackwell in Oxford vor dem Tisch der Neuerscheinungen Wache gestanden, während Dennis Stöße gängiger Titel abgraste, er selbst saß im Gefängnis. Auf einem Umweg von Cornwall nach London, der sie zwar, notgedrungen, zunächst trennte, hatten die Beiden den Grundstein einer längerwährenden Bindung gelegt, während Peter an einen bis dahin Außenstehenden fiel, der hieß Ralph und ist heute Zahnarzt in Birmingham oder Liverpool.

Auszug aus einem – viel späteren – Brief von Paddy an mich: ›Dennis has gone out to commit suicide and will, I expect, be back for tea ...‹

Dino habe ich niemals wiedergesehen, Taffy dagegen noch ein einziges Mal, das war in einer Kneipe

W.H.

in Chelsea, er trug die zynische Maske, jetzt hatte sie sich ihm ins Gesicht geprägt, seine Augen lagen tiefer, er war unrasiert, und mir schien, als fehle ihm zumindest ein weiterer Vorderzahn. Vielleicht war Cornwall für ihn nur eine Ruhepause gewesen, nach der er seine frühere Tätigkeit mit verstärktem Elan und entsprechend größeren Gefahren wieder aufgenommen hatte. Offensichtlich belustigte ihn das Zusammentreffen; als sei er einem Gefährten aus seiner Kindheit begegnet, der ihm bestätigte, daß er immer noch dieselben Spiele spielte. Paddy wohnt heute im Stadtteil Islington, der im Begriff ist, sich von schäbig zu fashionable zu wandeln, in einem Haus, das Anthony und ich einmal bewohnt haben, als er noch eindeutig schäbig war. Sie kauft Häuser, richtet sie nach ihrem Geschmack ein und verkauft sie wieder, eingerichtet und mit entsprechendem Aufschlag. Wenn sie ein altes Haus erworben, ein neueingerichtetes noch nicht abgestoßen hat, droht ihr kurz Ruin, aber sie hat sich von je zwischen Drohungen gut bewegen können, und sollte der Ruin sie einholen, so wird sie sich auch darin einzurichten wissen.

Anthony dagegen lebt nicht gern und nicht gut, er hat sich von je geweigert, das erlernte Handwerk des Lebens so auszuüben, wie es der vereinbarten Teilung zwischen Rechten und Pflichten entspricht, der Werkzeuge bedient er sich mit Widerwillen. Wahrscheinlich wohnt er noch dort, wo ich ihn vor wenigen Jahren sah: in Truro – er sagt, er gehöre nach Cornwall – in einer Straße gleichförmiger

Häuser beiderseits, die den Abstieg vom Wohnsitz einer wohlhabenden Familie zum Stapel von Wohnungen kleinbürgerlicher Familien hingenommen haben, ohne die Fassade zu verändern. Zehn Stufen führen hinab zum Kellereingang, als nähmen dort unten noch Dienstboten die Lieferungen entgegen. Zehn Stufen führen hinauf zum Tor für ehemalige Herrschaften. Zwei Säulen tragen das Vordach, unter dem morgens eine Reihe von Milchflaschen steht, die sich allmählich verringert. Anthony wohnt in der obersten Wohnung, und seine Flasche steht meist bis spät nachmittags vor der Tür, ein sichtbarer Makel in der Hausordnung, doch trägt sie ihm kein Hausbewohner auch nur einen Schritt weit entgegen; denn er ist der dunkle unberechenbare Kontrapunkt zu ihrer Harmonie, für Mitbewohner war er niemals der rechte Mann. Am späten Nachmittag steht er auf, dann trinkt er seine Milch, gierig wie ein Säugling, sie ist sein letzter Anker in einer Welt, die an den Haushalt des Körpers denkt. In der Nacht sitzt er vor seinem Arbeitstisch, vor einem Blatt Papier, auf ihm entstehen immer spärlichere Ansätze des Entwurfs, die Welt zumindest auf dem Gebiet des Sichtbaren zu verbessern. Und wenn ein Ansatz entstanden ist, so verschwindet er meist wieder, bevor er noch zu Ende gedacht ist; der Versuch, von oben hinab wie ein Lot an die Wurzeln der Übel zu gelangen, gelingt nicht, die Vollkommenheit eines Entwurfs kann nur ein Spiegel sein, sie gibt vor, daß die Grundlage in Ordnung sei und nur des angemessenen Gewandes bedürfe, um sich zu offenbaren. Aber

Anthony wollte niemals nur die Oberfläche der Dinge verändern, sondern die Dinge selbst, das Blatt wird wieder leer. Oder es bleibt leer, und die geringe Zahl der Leute, die an seine Entwürfe glauben, wird noch geringer, sie erwarten nichts mehr. Nach solchen Nächten der Frustration sinkt Anthony gegen Morgen unter den Tisch, wo ihn eine Matratze aufnimmt, und unter dem Tisch, den Versuchen, den Ansätzen, unter dem Feld seiner Einsichten schläft er bis zum späten Nachmittag und zu seiner Milch. Da liegt er, mit offenem Mund, als sei er nach einem letzten, laut geatmeten ›Aaahh‹ vom Wachen erlöst und allem entronnen, Gläubigern, schlechten Stunden, Schrecken der Zeit, die er schlafend von sich hält.

Von Cornwall kehrten wir zurück in unser Haus in Islington. Es war beinah leer. Nachts leuchtete die Dunkelheit von außen durch die Fenster hinter Anthonys Arbeitstisch, die Weiße des Blattes strahlte sein Gesicht an, wie das Licht auf dem Krippenbild von la Tour. Auf dem Blatt waren ein paar Anhaltspunkte und dünne Linien, und manchmal, fast unsichtbar, in eine Ecke gekritzelt, eine mathematische Formel, eine Rechnung, die nicht aufging und niemals aufgehen würde, alles Gegenstand des Zweifels, der, über diese Linien hinaus, sämtliche Linien der Welt umfaßte. Die Linien verschwanden wieder, zeichnend stieß er überall auf Vergebliches und zog zurück, unerwartet teilten sich ihm zukünftige, unabänderliche Schrecken mit, und wahrhaftig:

alles ist eingetroffen oder trifft ein. Er hat es zuerst gesehen, die Ohnmacht vor den Erregern erkannt, er war ein Pionier des Rückzugs, ein Prophet, der nicht prophezeit.

Maxine sagt: »Einmal hatte Anthony den Auftrag, ein Buch zu illustrieren, ich weiß nicht, was es war, es kam ein Löwe darin vor, dem ein Fisch einen Gänseknochen aus der Kehle zieht, oder vielleicht auch ein Fuchs, dem ein Kranich eine Fischgräte aus den Zähnen zieht, vielleicht war es auch der Fisch, dem ein Fuchs einen Löwenknochen aus dem Hals zieht, jedenfalls war es etwas, das nicht sehr oft vorkommt – ja, ich erinnere mich, es waren die Fabeln von Lafontaine, das war es, Anthony sagte, einen Fuchs könne man heute nicht mehr zeichnen, einen Löwen erst recht nicht, es sei eine Beleidigung des Löwen, der immer für alles herhalten müsse, dann könne man ja auch gleich Wappen malen, Lafontaine könne man überhaupt nicht mehr illustrieren, er werde ohnehin jedes Jahr neu illustriert, eine Ausrede, die nichts koste, er wolle das Gleichnis umkehren und Menschen für Tiere setzen, um zu zeigen, was wirklich ist, ich fand das eine gute Idee, obgleich es mir kaum sinnvoll schien, einen Menschen darzustellen, dem ein anderer Mensch einen Menschenknochen aus dem Hals zieht, wie auch immer, er saß drei oder vier Wochen vor dem weißen Papier und wagte den ersten Strich nicht, er sagte, es grause ihm vor der Ausführung. Jede Woche habe ich ihm das Papier abgestaubt. Einmal wagte er eine

Linie, es war spät in der Nacht, er rief mich, ich solle sie ansehen. Ich sah sie an, es war eine wunderbare Linie, wie nur er sie zeichnen konnte, sie teilte das Blatt in Tag und Nacht und in hart und weich, aber sie schien mir kein endgültiger Beweis, daß die Welt nicht in Ordnung sei. Am nächsten Tag sah er das selbst ein, er fand die Linie nicht mehr gut und radierte sie aus. Später meinte er, die Linie habe doch Möglichkeiten gehabt, sie sei nicht schlecht gewesen, er trauerte ihr nach. Er legte das Papier weg und saß nur noch vor der Tischplatte, mir schien, als werde sie immer dünner. Dann nahm er das Papier wieder vor, er wollte es noch einmal versuchen, aber es war vergeblich, zwar machte er eine Linie, aber sie war nicht wie die erste, es war nur ein Strich. Er sagte, jetzt sei er befangen,
er legte die Feder aus der Hand und sah nur noch in die Zeitungen, die ich nach Haus brachte, das Gemüse war darin eingewickelt, oder auch Fisch, den ich am Hafen kaufte. Die Zeitungen waren alt, ich weiß auch nicht, ob er sie las, aber er wußte immer genau, was geschah, er wußte auch, was geschehen würde« –, soweit Maxine.

Anthony schöpfte aus dem Leeren, er konnte aus fischfleckigen Zeitungsfetzen lesen, nicht nur was vor sich ging, sondern was sich erst im Dunklen anbahnte, er las aus nichtigsten Zeugnissen der Gegenwart Unabwendbares; er wollte es gar nicht, aber ihm teilte es sich mit, er war das Medium, nicht der Beschwörer. Er saß in der Nacht vor seinem Blatt,

manchmal unnahbar vor Verzweiflung, aber er äußerte sie nicht, er sog sie in sich hinein.
Ich trat in sein Zimmer, es war Nacht. Alles war, wie ich es am Vormittag oder am Tag zuvor verlassen hatte, nur eine Flasche Milch war geleert, oder eine Tasse Kaffee. Er sah zu mir hinüber und sagte: ›Gehen wir?‹ Er stand auf, und wir gingen.

Oder ich saß vor meinem Arbeitstisch in meinem Zimmer, vielleicht an einer Arbeit, die ich damals noch für wichtig hielt, es war Nacht und Ruhe im Haus. Plötzlich aber entstand, noch fern, durch Türen und Gänge getrennt, auf der Oberfläche dieser Ruhe ein bewegter Punkt, ein Zentrum von Unruhe, Wellen, wie sie lautlos ein Insekt auf einer Wasserfläche bewirkt, und ich spürte, daß, weit dort hinten am Ende der Flucht, Anthony unruhig wurde. Erst dann verdichtete sich die geahnte Bewegung zur Gewißheit eines Geräuschs: Anthony legte den Stift ab, er räumte etwas weg, jetzt wäre er bald zum Gehen bereit, es war die Zeit gegen Mitternacht, wenn das Tagewerk langsamer läuft und stehen bleibt. Er näherte sich meiner Tür, er rechnete damit, daß ich immer bereit sei und nur auf ein Zeichen von ihm warte. Denn auch ich wurde unruhig, weil ich nicht wußte, auf welcherart nahes Unheil er mit seinem Stift über dem Blatt Papier gestoßen sei, ich wollte es bald wissen.

Die Tür öffnet sich, im Türrahmen steht Anthony. Er ist in Strümpfen, trägt seine Schuhe in der Hand, er sieht aus wie ein Schlafwandler, der im Schlaf anstrengende und gefährliche Strecken hinter sich gebracht und sich nun bei den überblickbaren Anstrengungen des Wachens erholen will. Er zieht sich stehend die Schuhe an und ist bereit für den nächtlichen Gang, er sagt: ›Gehen wir?‹ –

und wir gingen. Die Haustür schlug zu, mit einem hohlen Zweiklang, den ich noch parat habe, draußen hörten wir sein Echo von drinnen: das war die Zäsur des Tages. Dann als einziges Geräusch unsere Schritte auf dem Pflaster, die Straßen waren leer. Zuerst den Kanal entlang, nach Westen, stadteinwärts, der Weg von gußeisernen Lampen markiert. Nach vierzehn Lampen bog der Kanal nach Norden, verlor sich dort unter Lagerhäusern und tauchte unter die Stadt. Diese Lagerhäuser habe ich mir immer ansehen wollen, aber ich habe es nie getan, und jetzt ist es zu spät. Ich habe eine Vorliebe zu Lagerhäusern gehabt, amor vacui. Kurz vor der Southampton Row gingen wir eine enge Gasse entlang, mit schiefen Mauern von Fachwerk, man hätte einem Nachtwächter begegnen können, es war eine Partie Rothenburg oder Dinkelsbühl, oder wie sie alle heißen, diese Schmuckkästchen des Grauens, diese gemütvollen Folterwerkstätten, die ihre Ansichten und Ausschnitte gleichzeitig verkaufen und behalten. Aber dieser Hintergrund hier bot bessere Sichten, hier war am Tag Markt, Käse, Stilton und Wenslydale, Austern aus Whitstable, nur hatten wir kein Geld, sie zu kaufen. Wir überquerten die Southampton Row, einmal lehnte ein Betrunkener über dem Gitter des Loches, das am Tag die Straßenbahn aufnahm und wieder ausspie, drei grüne Wagen. Seine Arme hingen über den Rand abwärts, als wolle er seine Hilflosigkeit mit leicht verständlichen Gesten mimisch darstellen wie im Stummfilm, sie versuchten offensichtlich, eine entschwundene Bahn zu greifen, aber sie griffen nichts, und darüber war der Mann, selbst in seiner tiefen Trunkenheit, fassungslos, er hatte die letzte Bahn versäumt, vielleicht die letzte seines Lebens. Sie war durch das Loch unter ihm, gleichsam zwischen seinen Beinen, entwichen, in der Tat hörten wir noch ein verklingendes Röhren dort unten, wie abziehenden Donner. Wir gingen vorbei, zu helfen gab es hier nichts, dies war nur ein greifbares Bild der Hinfälligkeit, ein vergehender Schmerz, der Weg zur Abfindung war schon beschritten.

Wir tauchten in Soho ein, in einer Kellerkneipe, einem der vielen Löcher, die sich dort unten unter die Nacht des Bürgers bohren, als Kontrapunkt zu seinem Schlaf dort droben. Eine Höhle, flüchtig eingerichtet nach dem Geschmack der heimatlosen Gestalten, die sich den Tag restlos abgewöhnt hatten, weil er ihnen nichts einbrachte, ihr Geschäft war die Nacht und ihr Nutzwert. Wir kannten einige der habitués, ihr Leben hatte sich, nach einer kurzen Krise der Auflehnung, zu abfälliger Hinnahme normalisiert, deren Gegenstand freilich unbestimmt blieb und beinah ausschließlich mit Obszönitäten vage umrissen wurde; wenn kein beschreibendes Adjektiv zur Hand war, wurde ›fucking‹ eingesetzt, was zwar im gewünschten Zusammenhang weniger die objektive Eigenschaft des Gegenstandes bezeichnete, als die subjektive Einstellung des Bezeichners. Hier tranken wir, und hier brachte Anthony es hin und wieder fertig zu zeichnen, er war entrückt und zufrieden unter Fremden, die den Ablauf des Lebens von unten erfuhren, wo sie die Leitungen nach Gutdünken anbohren oder untergraben konnten. Unbewegt zeichnete er Zuhälter und Huren in ihrer Erholungsstunde, oder wie sie einander in die Haare bekamen, sie nannten einander ›bastard‹ oder ›shitcunt‹, aber zu ihm sagten sie: ›Make me a nice face, darling!‹, als sei sein Zeichenstift die letzte entschwindende Möglichkeit einer Erlösung, die man, da sie sich hier so billig bot, auf jeden Fall wahrnehmen sollte, – so wie der Bauer bei Grabbe, der sich die Zähne ziehen läßt, weil es nichts kostet.

Am frühen Morgen war die Luft im Keller restlos verbraucht, der Raum von Figuren leer, nur noch bestreut mit Resten nächtlicher Tätigkeiten und Untätigkeiten, als hätte man hier alle abgenutzten Mittel der Lebenshilfe als Ballast abgelegt, um sich jetzt unter dem Tag zu verkriechen, vielleicht krochen sie jetzt in die Betten der aufstehenden Schicht, deren trostloser Teil es war, diesen Raum zu reinigen. Wir stiegen die Treppe zur Straße hinauf und traten hinaus. Zu dieser Tageszeit lag eine Frische selbst über diesem verschlissenen Stadtteil, der anbrechende Tag bemühte sich um Gerechtigkeit, freilich um sie später wieder aufzugeben und glanzvollere Bezirke zu bevorzugen. Wir gingen ostwärts, Oxford Street, Holborn, Southampton Row, alles menschenleer, lautlos, dann in die schmaleren Straßen, manche waren schon mit Milchflaschen gesäumt; während wir in der Tiefe gesessen hatten, hatte in der Höhe eine lebensbejahende Institution blendendweiße Lobstriche verteilt, dieser gesunde Morgengruß galt jedenfalls nicht uns. Dennoch bediente sich Anthony gern ihrer Einrichtungen, oft nahm er eine Flasche von einem Hauseingang und trank sie in einem einzigen Zug leer. Um diese Tageszeit meldete sich in ihm der Mangel, dem zwar sein Geist die Achtung versagte, den aber sein Körper spürte. Ich schürte beides: Verachtung und ausgleichende Zufuhr, ich sagte ihm, ein Erwachsener dürfe niemals mehr als einen Viertelliter Milch auf einmal trinken, und auch den nur in kleinen Schlucken, sonst schade sie der Galle. Anthony nahm den Rat zur Kenntnis und trank eine weitere Flasche leer, befriedigt über die herausgeforderte Galle und den Unfrieden, den er der betroffenen Hausgemeinschaft gestiftet hatte, denn er wußte, daß keine der milchtrinkenden Parteien die leeren Flaschen als die ihren anerkennen würde. Dann die gußeisernen Lampen, der Kanal, er trennte sich langsamer von der Nacht, aber hinter den Häusern wurde der Himmel fahl und zwang allmählich auch das Wasser, eine ölig schmutzige Farbe zu bekennen.

Wir erreichten Islington noch bei Stille, doch die Dunkelheit war auch hier gebrochen, der Tag breitete sich aus, der Entscheid über kalt oder warm stand noch aus, noch spürten wir die Frische, die Kühle, wie die Nacht sie nach sich zieht, um daran zu erinnern, was man an ihr verloren hat: der beste Teil des Tages hatte sich im Heimweg erschöpft. Die Tür fiel zu, das Gespräch war abgeschnitten, wortlos stiegen wir die Treppe hinauf, um diese Zeit trifft jedes Wort den Angeredeten wie ein plötzlicher Nervenschmerz, es macht die Wellen einer zurückgehaltenen Verstörung fühlbar, das ersparten wir uns, Schlafen war die Losung, die einzige Empfindung Gleichgültigkeit allem gegenüber, was am anderen Ende des Schlafes auf uns warte, wir legten uns hin, und das Haus wurde leer.

Hier stehe ich, auf dem Holzfußboden, an der Theke, in der ›Ship Inn‹, in Mousehole, ich taste mich zurück. Das Erinnerungsvermögen kommt in Übung, die Anhaltspunkte sind präsent, die Fäden lassen sich aufnehmen, aber es fehlt eine Stimme in der Synchronie: wie drückten unsere Beziehungen zueinander sich aus, wie war der Wortlaut, das Protokoll? Wie haben wir damals zueinander gesprochen? Ich gäbe viel darum, einen Ton zu hören, einen Tonfall der Mahnung oder des Lobs, der Zuneigung oder der Spannung. Ich höre nur, was verschwiegen wurde.

Bücher, Bilder, Musik von damals sind geblieben, ihr Material haftet fest. Die abseitigen Hintergründe förderten unser Rezeptionsvermögen, machten uns zu Seismographen jeglicher Strömung, der wir uns auszusetzen beliebten. Anthonys hysterische Sensibilität wirkte auf Paddy und mich wie eine positive Allergie, die unmittelbar ansteckt, durch Zuruf; Euphorie verbreitete sich durch Anhauch, mühelos gelang es uns, alles Aufgenommene zu Offenbarungen zu erhöhen und es, auf neue Ebenen versetzt, einander als potenzierte Offenbarungen erneut mitzuteilen; jeder von uns, zugleich Verkünder und Medium, konnte den Grad der Steigerungen regulieren, von Registration zur Trunkenheit. Ich habe mich niemals wieder für ›The Waste Land‹, das Anthony auswendig rezitierte, so erwärmen können wie damals, als Eliots reaktionäre Misanthropie noch kein Gemeinplatz war sondern als Poesie des Negativen einen neuen Kontrapunkt setzte. Die erste Symphonie von Schostakowitsch hielten wir damals für moderne Musik, das weitere Dutzend Symphonien hatte er noch nicht geschrieben, und verglichen mit dem ist sie wohl immer noch modern. Ich habe mich auch niemals wieder mit einer solchen Hingabe in Jazz vertieft wie damals in Django Reinhardts Gitarrespiel oder die Rhythmen des Hot Club of France. Viele Jahre bevor man in Deutschland Gelegenheit hatte, Dali wahrzunehmen, hatten wir in Mousehole bereits seine Anfechtbarkeit zu einer unumstößlichen kunsthistorischen Tatsache gemacht, die man ja später auch außerhalb Mouseholes feststellte. Es war die Zeit der Apotheose des Surrealismus, heute historisch und dubioses Objekt der Erinnerung, damals ein Lebensgefühl, eine Einstellung der Sicht, ein eigentümlicher Zwang, die Gegenstände aller Umgebungen in einer scharfumrissenen Bedrohlichkeit zu erfahren. Die Grenzen zwischen Realität und Imagination waren nach beiden Seiten dehnbar; so liefen wir, Schatten werfend, durch unsere Landschaften, nicht im Traum, sondern wach und alert, auf der Suche nach ›found objects‹, also den Dingen selbst, die auf den Bildern erst aus zweiter Hand erschienen, aber wir hatten sie selbst in der Hand, wir sammelten sie, meist seltsame und suggestive Formen von Strandgut. Da liefen wir und riefen uns neuentdeckte Wortlaute zu, Satzteile, Wendungen, sie waren von Breton, Eluard oder Aragon, aber wir riefen sie, als hätten wir sie aus dem Stegreif erfunden, berauscht von ihrem Klang, mehr noch von ihrem Echo in uns, und damit von der Macht unserer eigenen Suggestion.

Ich stehe hier also nicht mehr auf Sägemehl sondern auf glänzenden Planken, nicht mehr bedient von einer mütterlich-schmuddeligen Wirtin, die ihre Gäste mit ›dearie‹ anredet, sondern von einer semi-intellektuell-schmuddeligen Wirtin, die ihre Gäste mit ›darling‹ anredet, die Stirn immer ein wenig in Falten, als Fortsetzung einer muskulären Anstrengung des Mundes, der die Zigarette nicht aus dem Winkel fallen lassen will. Sie trägt Hosen und ein Hündchen, das sie beim Ausschenken auf die Theke setzt, und Kunstgewerbliches. Soeben erzählt sie, daß die Princess-Royal, die Tante der Königin, gestorben sei, an einer Thrombose. Eine Sekunde lang herrscht Schweigen in den Kreisen um die Theke, es setzt sich in den

Raum fort, eine Sekunde der Andacht und der Überlegung, wie dieser Nachricht zu begegnen sei. Dann beginnen einige ältere Trinker, die Biographie der Verstorbenen zusammenzusetzen, bis sie, soweit ich es beurteilen kann, ziemlich lückenlos ist, jedenfalls lückenlos genug, ihr Leben war kein Abenteuer. Ein Tod dieser Art belebt die Trinkstunde, zu der man sich, hier wie überall auf dem Land, zusammenfindet, nicht nur um den bereits von Vätern und Müttern ererbten Durst nach Whisky oder Bier zu stillen, sondern auch weil keiner der Gäste jemals auf den Gedanken käme, um diese Tageszeit nicht zu trinken.

Vage versuche ich, mir die Princess-Royal zu vergegenwärtigen, aber ich schaffe es nicht, mit diesem Haus Windsor bringe ich es nicht weit, keiner darin hat es weiter als bis zur Pflichterfüllung gebracht, Edward der Achte konnte sich noch nicht einmal dazu aufraffen, – Queen Mary war wohl die augenfälligste Repräsentantin, die sehe ich vor mir, sie ist tot. Ich habe sie gesehen, tatsächlich fuhr sie in einer Kutsche, sie war ganz Mund, ein ungeheuerliches Lächeln niemals nachlassender Huld zwischen zwei leuchtend perlengleichen Zahnreihen, die sich über ihrer wahrhaft imperialen Büste, mehrfach gewunden, als Perlenschnüre kontrapunktisch wiederholten, aber die waren gewiß echt. Das zu Farblosigkeit getönte Haar war zu einer elastischen Krone getürmt, darauf saß ein Hut, wenn man es so nennen kann, eine Création von Aaage Thaarup,

denn so hieß der königliche Modist, ein dänischer Glückspilz, und darüber ein Sonnenschirm mit Spitzen und Tressen, gehalten von der linken Hand im geknöpften Seidenhandschuh, während die Rechte in einer Bewegung des Ausschüttens, einer imaginären Cornucopia, Wohlwollen spendete, die Gesamtfigur reich mit Schmuck bestückt und, wie im Stahlkorsett gehalten, aufrecht, ein Stammbaum in prächtiger Blüte.

Ich gehe hinauf in mein Zimmer und sehe aus dem Fenster. Die Straßen sind leer, das Dorf trinkt. Jetzt hätten die Möwen leichtes Spiel, aber es ist nicht ihre Stunde, es ist zwölf Uhr mittags. Dort stehen sie, auf ihrer Insel, zu Tausenden, und zwischen ihnen stehen drei Kormorane aufrecht, als wollten sie sich auf Zehenspitzen dem Wind entgegenheben, der durch die ausgebreiteten Flügel streicht; der Anblick eines Aktes von pathetischer Hingabe, einer komischen Würde; die Vision eines urweltlichen Tieres, festgehalten in einer Pose, die einem zum Wasservogel abgewandelten Adler im Wappen einer Monarchie, einer Beherrscherin der Meere, zum Modell dienen könnte. Wie immer beim Anblick des Außerordentlichen wünsche ich mir unmittelbaren visuellen Kontakt, ich räume das Hindernis zwischen mir und dem Objekt beiseite, eines dieser englischen Schiebefenster, die weder richtig schließen noch richtig zu öffnen sind, auf halbem Weg stellen sie sich schief und sind nur mit Schlägen in Richtung zu bringen, ich nehme den Feldstecher zur Hand, dieses unentbehrliche Greifwerkzeug, das Entfernungen zusammenzwängt, der meine vergrößert fünfzehnmal, erlaubt mir Sichten, abgerundet und einmalig, Ereignisse; ein Bullauge, eine Sehwaffe, die sich, langsam wie ein schweres Geschütz, auf ein unentdecktes Terrarium richtet und sich dort einrastet, um es nach Leben abzutasten, das gefundene Objekt dort vielleicht in seiner verletzlichen Stunde, einem Moment der Wehrlosigkeit, zu fassen bekommt und festhält, während es sich unbeobachtet wähnt. Da steht es dann, seiner Umgebung enthoben, ahnungslos und niemals ganz ohne Bewegung, die, wenn es sich nicht selbst bewegt, von meiner haltenden Hand ausgeht, oft bin ich es, der ein Zittern an es heranträgt. Manchmal beobachte ich nur Jahreszeiten, im Sommer etwa verfolge ich den Winter, wie er sich, tausend Meter über mir, am Berghang hinaufzieht und sich hinter den Felsspitzen verliert; im Herbst sehe ich ihn an der gleichen Stelle hinabkommen, die Einschnitte mit Schnee füllen, dann weiter hinab und breiter, bis er plötzlich hinter Nebel dem bloßen Auge sichtbar wird. Manchmal sieht, hoch oben, ein Hirsch oder ein Steinbock von seiner Nahrungssuche auf und starrt mir ins Glas, dann bin ich ertappt. Oder ich beobachte Gespräche, die weit von mir weg stattfinden, Gebärden, Mienenspiel und Mund weisen darauf hin, daß lebhaft kommuniziert wird, aber die Figuren sind stumm.

Jetzt steche ich zu den Vögeln vor, drehe von Unschärfe zu Schärfe, der Blick dringt hinaus, bohrt sich durch die Luft –, und da steht der Kormoran,

nur einer jetzt, nicht mehr zwischen Möwen, sondern allein, meinem Blick preisgegeben,
und jetzt erst sehe ich ihn genau: nicht mehr königlich sondern unbeholfen, ein wenig matronenhaft, die ausgebreiteten Schwingen sind als Fittiche deutbar, und denkbar darunter wäre eine Brut von Jungen. Er ist liebenswert und unschön wie alle großen Wasservögel, wenn man sie aus der Nähe betrachtet. Ihr Flug, ihr Schweben und Tauchen, das Fortbewegen in Freiheit und Licht – ihr Nimbus ist es, der sie zu Objekten poetischer Sehnsucht gemacht hat, als habe kein romantischer Dichter jemals einen Vogel aus der Nähe gesehen, wie er steht und auswärts schielt, wie er zuckend seine Nahrung pickt und nicht nur sein Nest beschmutzt sondern große Radien seiner Standplätze mit weißen Exkrementen einfärbt.

Wieder im Labyrinth, diesmal auf dem Weg in den äußersten Westen des Festlandes, wieder drunten in den tief eingelassenen Gassen, aber ich spüre, wie zu beiden Seiten die See das Feld einzuengen beginnt, wie das Netz der Irrwege sich konzentriert und zu einer Landenge zusammenzieht, wieder spüre ich Salz auf der Haut, im Mund, an den Lippen. Jetzt lasse ich die Hecken zurück, wieder hebt sich die Straße aus ihrer Kerbe, wird jetzt bündig mit der Heide, und sofort überfallen mich Winde von allen Seiten. Der Blick wird frei. Noch kein Meer in Sicht. Ich sehe auf eine leergefegte, leergeschliffene Fläche, auf der kein Gewächs sich halten kann. Ich bin in einer Wüste. Sie war es nicht immer: was mich hier umgibt, ist im Lauf von weniger als hundert Jahren zu Wüste geworden, man hat es dazu gemacht; eine verbrauchte Landschaft, grau, graubraun und braun, stellenweise schwarz versengt. Zwischen Schichten von verdorrtem Gestrüpp und morschem Holz häufen sich Reste unbestimmbarer Tätigkeiten, Arbeiten, zu denen man vom Schicksal verurteilt wird, wie zur Galeere. Die Straße führt zwischen desolaten Feldern hindurch, für ewig unnutzbar gemacht. Und nun erheben sich in unregelmäßigen weiten Abständen, als seien sie so gesetzt, daß sie einander eben noch Lichtsignale zuwerfen können, die Maschinenhäuser verlassener Zinnminen: steinerne Türme, darin schmale Fenster mit Rundbögen, sie wirken neoromanisch und geben den Häusern das Aussehen hochgeschossener Kapellen der Gründerzeit. Der Rundturm bestätigt die Zeitschätzung, – industrielle Frühzeit, Fron, Kinderarbeit, Entstehungszeit der Bahnhöfe und der Schlachthöfe, – unten noch Glockenturm, verjüngt er sich oben zum Schornstein, von dicken Schichten Ruß überklebt, als habe er soeben noch geraucht. Sonst weist nichts auf erloschene Funktion hin, die Bildrätselfrage: ›Was ist das?‹ würde kaum eine richtige Antwort erbringen. An den Mauern rankt Efeu empor, trägt dunkles Grün ins Bild, so daß der Wind es bewegt, sonst ist es leblos, selten sieht man eine verlassenere Stätte. Ich bin in Cornwalls aufgegebenem Bergwerksgebiet, zwar nicht erschöpft, doch außer Kurs gesetzt, Opfer malaiischer Rentabilität, jetzt findet die Zwangsarbeit außerhalb unserer Sichtweite statt.

Ich steige aus, ich will eine dieser grotesken Burgen von innen betrachten, erhoffe mir noch Spuren der Maschinen, vielleicht Scherben von verziertem Gußeisen. Ich stapfe über Gestrüpp, angekohlte Ziegelscherben, zermahlene Steine, Schlacke –, das Idiom ›dem Erdboden gleichmachen‹ stimmt nicht, zwar schafft Verwüstung Ebene, aber der Erdboden verschwindet darunter. Der Turm vor mir wächst an, der geschwärzte Schornstein erhebt sich drohend, wird zum Schlot, er warnt vor Einsturzgefahr. Ich trete durch das Tor,

und wütend krächzend zerstiebt oben im Turminneren eine Horde Raben, entflieht flatternd durch Fenster und das fehlende Dach ins Freie. Ich stehe auf einem ummauerten Schutthaufen. In meinem Ohr verklingt der Protest der Vögel, aber außen im Umkreis, ich höre es als Rascheln, da warten die Raben auf meinen Rückzug.

Auch hier keine Spuren der Funktion, keine Räder oder Maschinenteile, die sind in Industriemuseen, alles ist leergeräumt, nichts weist auf den Zweck des Raumes hin, die Mauern auch von innen mit Efeu bewachsen; hier herrscht Schweigen, es raunt geradezu, eines romantischen Ortes würdig, die Zeit hat sich beim Wort genommen und hat alles gleichgemacht, Kirchen, Burgen und Paläste zeigen als Trümmer das gleiche Gesicht, und Maschinenhäuser gehören anscheinend auch dazu; Merkmale von Jahrhunderten schrumpfen zu einer einzigen Zeit, Vergangenheit; eine rechte Ruine aus Stein mag sowohl Richard Löwenherz als auch einen x-beliebigen

Raubritter als auch die Bemannung von Fördermaschinen suggerieren.
Ich arbeite mich zu einem Fenster empor, um hinauszusehen, – und plötzlich ist die Sicht draußen verändert: gesehen durch ein Fenster – Fenster, die unentbehrlichen Requisiten der Melancholie – rücken sich die Dinge in ihrer Gegenwart zurecht; wie in einem Rahmen entsteht nun ein Bild, oben durch den Bogen abgerundet, nach den Seiten nicht mehr zu Fluchtpunkten entschwindend, sondern durch den Fensterrand im Bild gehalten, nur nach hinten in die Tiefe hat es keine Grenzen, es weitet sich da ein Horizont der Sehnsucht, des Verlangens, allem, vor allem diesem Vordergrund der Leblosigkeit, zu entrinnen, während vorn die Gebäude stehen, gut verteilte Ruinen verlassener Kultstätten, von unsichtbaren Wegen durchzogen –, wahrhaftig, dieses Bild wird zur Vedute, würdig eines nördlichen Piranesi, Efeu wird zu Zypresse, Schornstein zu Säule, und alles mehrschichtig, transparent, einmalig, der Entwurf eines Saturnikers im Traum von einer entvölkerten Welt.

Ich sehe wieder ein Stück eigener Vergangenheit vor mir liegen, verstreut über die Ausläufer der letzten Hügel, bevor sie sich zum Meer senken, das immer noch nicht sichtbar ist: ein geordnetes schmuckloses lebloses Arbeiterdorf: St. Just.
St. Just ist trist. Angesichts dieser scheinbar toten Siedlung, wie sie mir jetzt von außen erscheint, entsinne ich mich der von Taffy genau an diesem Punkt

gestellten Frage, ob ich hier wohnen möchte. Eine grimmige Frage, wie alle seine Fragen. Sie setzten stets negative oder parenthetische Antworten voraus; voller verhaltener oder versteckter Aggressivität waren sie darauf abgezielt, Aggressivität zu erwecken und nutzbar zu machen, uns mit jenen Aspekten des Lebens anderer zu konfrontieren, von denen wir, wie er meinte, schon unserer Herkunft nach, keine Ahnung hatten. Er warf uns rhetorische Fragen zu wie Seitenblicke, zufällig aber gezielt, und mit der Frage klang wie ein Echo die Herausforderung mit: würden wir antworten oder nicht? Wenn nicht, habe er einen Punkt gewonnen. Aber er versorgte uns auch mit Stoff, er zeigte uns St. Just und alle diese unerwarteten Orte, die Ausflüge hierher und anderswohin galten nicht ausschließlich der von drei Dieben anerkannten Notwendigkeit, drei nützliche Künstler bei guter Laune zu halten, indem man ihnen Anregung biete; Taffy und Dennis besaßen nicht minder als wir die Fähigkeit, die Atmosphäre des Außergewöhnlichen zu genießen, das Ungewohnte auszukosten und sich zu eigen zu machen. Der Spießer, der sich für das Maß aller Rechtdenkenden hält, verfällt dem Fehler, Leute, die jenseits des Gesetzes leben, somit unrecht denken, nicht anders zu sehen als bei der Ausübung ihrer asozialen Tätigkeit oder in Gedanken an sie und nichts anderes, als müßten auch die außerberuflichen Neigungen subversiv Tätiger anderen Gesetzen gehorchen. Der Spießer hat wohl auch bis heute kaum verstanden, daß nicht mehr ausschließlich ›niedere Motive‹ der Anlaß sind, das Gesetz an bestimmten Punkten zu überschreiten; daß die Motive mancher Überschreitender mitunter einleuchtender, wenn nicht gar weiser, sind, als die Regeln der Gesetzgeber. Damit soll nicht gesagt sein, daß meine drei Diebe sich der Humanität über Gebühr verpflichtet fühlten.

Ich fahre in St. Just ein, das Schild sagt: St. Just-in-Penwith. Die meisten Orte hier gibt es zwei- wenn nicht dreimal. Das andere St. Just heißt St. Just-in-Roseland und ist, dem Namen entsprechend, lieblicher als dieser Ort, den man kaum freiwillig betritt, den man allenfalls als Rastplatz in Kauf nimmt, als einen Punkt, um sich zu sammeln, bevor man ins Unbekannte aufbricht, in dem man Schlimmeres erwartet. Dennoch hat er den Reiz des Reizlosen, ist ein Kontrapunkt, Station auf einem Abweg, für den man sich entschieden hat, niemand würde einen hier vermuten.

Gegen Mittag stehe ich auf dem Holzfußboden des Pubs, in dem wir damals standen, es ist noch derselbe Boden, ich habe ein gutes Gedächtnis für Holz. Wir neun füllten beinah den Raum aus. Ich trinke Worthington Ale wie damals, aber nicht mehr so gern. Der Wirt ist neu, der von damals wäre heute ein alter Mann. Aber die Sicht aus dem Fenster ist dieselbe, nichts ist dazugekommen zu den beiden Läden, nur hat man den einen zum supermarket erhöht, das muß auf Kosten des anderen gegangen sein; daneben die Filiale der Barclays Bank, deren Direktor ich mir als Strafversetzten vorstelle, eine Art Expositus. Vor der Bank stehen zwei Frauen mit Einkaufstaschen, sie sehen aus wie Zwillinge, in unhörbarem Gespräch, sie trennen sich, die eine geht gegen den Wind, sie hat es schwerer als die andere, die mit ihm geht. Das Blickfeld ist leer von Figuren.

Damals kam, als wir das Pub am frühen Nachmittag verließen, ein Ausrufer vorbei, er schwang eine große Glocke und rief die Nachrichten durch die Straße, vereinfacht und verkürzt, dem Interesse von St. Just zurechtzensuriert, aber es war kaum einer da, dem er sie zurief. Ein paar Männer traten vor die Tür, ein paar Frauen öffneten die Fenster, beiläufig, als hätten sie ohnehin lüften wollen und ließen nun mit der Luft eine luftverdünnte Neuigkeit ein, dann ging der Ausrufer wieder, die Frauen schlossen die Fenster, die Männer traten in die Häuser zurück, um ein wenig Information bereichert. Wir fuhren ab in Stille, die Nachrichten hatten sich schnell verflüchtigt. Jetzt kommt kein Ausrufer mehr vorbei, die Straße ist leer, es ist Mittag, ich bin allein. Selbst mein Schatten wird von dem weißen Dunst vor der Sonne verwischt; ein unwirtlicher Ort. Ich wende und fahre ab, nach Osten zurück, hier beginnt Heimreise.

Die Hügel kommen mir wieder entgegen, die Halde, Maschinenhäuser, die verbrannte Erde, dann die Hecken, sie erheben sich wieder, der Weg senkt sich zwischen sie, wird wieder zur Gasse, und ich bin im Labyrinth, zum letzten Mal. An der anderen Seite werde ich es hinter mir haben. Kein Hindernis kommt mir entgegen, niemand überholt mich, wohl aber bewegt sich plötzlich vor mir in meiner Richtung, schnell anwachsend, ein schwarzer Reiter, ein eleganter Herr in Reitbreeches und Reitstiefeln, mit steifem Hut, die Gerte waagerecht zwischen den Handschuhen über dem Sattel haltend, dem Alltag hoch enthoben auf seinem glänzenden Pferd, dessen gelockerten Trab er in einem leicht schleudernden Rhythmus mitvollzieht und damit um ein geringes übertreibt: eine Art doppelte Übertragung nach oben, als müsse er einem Spalier von kritischen Beschauern dartun, daß er, wenn auch nicht mehr ganz leicht an Gewicht, doch leicht im Sattel sitze. Vorsichtig überhole ich ihn, spüre dabei im Rücken seinen Blick von oben auf mich herab, bin sicher, daß dieser Blick, selbst wenn der Herr in Gesellschaft wäre, niemandem etwas verraten würde, auch ihm selbst nicht, er ist ein Herr bis in die letzten Blickwinkel, auch ohne Zeugen. Ich beschleunige und fahre weiter, aber noch bevor die Erscheinung hinter mir ins Vergessen zurücksinkt, taucht sie verdoppelt vor mir auf: zwei Reiter diesmal, einer davon weiblich, ich sehe langes blondes Haar unter dem steifen Hut hervorfließen und eine schlanke Taille, über die der andere Reiter nicht verfügt, er ist beleibt, der Trab seines Pferdes wirft eine träge schwere Masse von Körper hoch und überläßt sie dort oben dem Fallgesetz. Sie dagegen – seine Tochter denke ich beim Näherkommen – ist ohne Schwere, der Lauf ihres Pferdes hebt auch sie mindestens zehn Zentimeter über den Sattel, aber dort oben bleibt sie, sie fluktuiert nicht über dem Pferderücken, sie scheint über ihm zu schweben, voll-

zieht nicht die Akzente des Rhythmus des Rittes sondern sanfte Wellen, die sich nach oben hin verlieren, die Taille variiert ihre Höhe nur noch um wenige Zentimeter, der blonde Kopf steht still unter dem schwarzen Hut, er verachtet die Bewegung unter sich oder weiß nichts von ihr. Es ist mir nicht vergönnt, die Reiterin von vorn zu sehen, aber ich denke, daß keiner ihrer Gesichtszüge Beteiligung am Akt des Reitens verrät. Auch scheint ihre Anteilnahme an den Worten des ihr zugewandten Begleiters nur mäßig zu sein, sie blickt geradeaus, einem Ziel entgegen, das einen Wechsel des Partners verspricht. Es muß ein schöner Tag zum Reiten sein.
Während ich überhole, versuche ich, System in die Begegnung zu bringen: ein Reiter, dann zwei, davon einer weiblich. Haben die drei ursprünglich zusammengehört? Beruht die Teilung eins zu zwei auf einem Streit, im Verlaufe dessen der Bewerber um die Hand der Tochter verärgert oder entmutigt zurückgeblieben ist? Entmutigt sah dieser erste zwar nicht aus, zumindest nicht von hinten. Und warum wäre er dann überhaupt noch weitergeritten? Doch nach weiteren zweihundert Metern kann ich meine Überlegungen abbrechen, denn ich habe die Lösung in Rot vor mir: zwei rote Reiter, beide männlich, beide ältlich, schwarze Samtkappen auf den Köpfen, in aufrechtem lässigem Trab, begleitet von Gespräch, und jetzt weiß ich, daß sich das Geschehen auf eine Fuchsjagd zuspitzt. Daß jetzt auch in anderen Gassen des Labyrinths sich andere Berittene einem bestimmten Punkt sternförmig zubewegen, daß ich

bald auf eine Kreuzung stoßen werde, nicht stumm und nicht besteckt mit rätselvollen Wegweisern, sondern ein offener Treffpunkt, an dem die Jagdgesellschaft sich versammelt. Und schon weitet sich der Hohlweg, die Hecken lassen nach, hören auf, und vor mir liegen Äcker, Felder, freies Land, Jagdgebiet. Beiderseits der Straße stehen Häuser, die Kreuzung öffnet sich, an ihr liegt breit ein Gasthaus, die Szene ist gesetzt, die Jagd kann beginnen, oder vielmehr zuerst das zeremonielle Präludium: the meet.
Vor dem Gasthaus sind schon andere Reiter versammelt. Ihre Augen sind der Ebene des Fußgängers und des Autofahrers entrückt, ihre Aufmerksamkeit dem eigenen höheren Kreis verhaftet, ein halblautes, unten schon kaum noch hörbares Parlando belebt die Szene, aber nur halb. Dort oben auf dem Pferd ist man unter sich und über allem anderen und ganz in gefaßter Erwartung der Sache, die zu erledigen es gilt. Hier ist nicht der Ort, dies nicht die Zeit, um dem, was unten geschieht, Beachtung zu gönnen, und wahrhaftig, keiner der umherstehenden Dorfbewohner oder der zufällig anwesenden Passanten, deren ich einer bin, wäre so vermessen, einen Seitenblick der Jäger zu erwarten, die eine gewisse, durch den Körperbau der Pferde bedingte Distanz selbst zueinander zu wahren haben. Unten, im Hain der Pferdebeine, bewegt sich behende der Wirt des Gasthauses und reicht jedem der Reiter ein Glas Sherry, dafür erhält er ein Kopfnicken, und hin und wieder sogar ein Wort, wahrscheinlich des Dankes, die Rechnung wird später beglichen. Währenddessen treffen

die beiden Rotkappen ein, nun sehe ich sie von vorn: unter der einen Kappe fassen ergraute Schläfen ein Pokergesicht ein, nicht ohne Infamie, ein alternder roué, früher hätte es hier gewiß unter den jungen Dorfbewohnerinnen manches Opfer seines juris primae noctis gegeben; unter der anderen Kappe dominiert eine spitze Hakennase, und über ihr ein Raubtierblick im Erlöschen, aber auch er schafft es noch: ein sauberes Paar, diese Beiden, die wissen Bescheid, nicht nur über Fuchsjagd.
Alle sind ernst. Humor, das sieht man, ist nicht die Losung der Stunde. Ich wußte nicht, daß die Jagd eine so ernste Sache ist. Die beiden Roten werden von den anderen begrüßt, seltsam verhalten, wie mir scheint, beinah sotto voce, als gelte es, das Opfer der Jagd nicht vorzeitig durch Lebhaftigkeit aufzuscheuchen. Es sind die beiden Schlüsselfiguren des Geschehens und seine Haupt-Akteure: der Eine ›the whipper-in‹, der Einheizer, Anreizer, Aufhetzer der Hunde; der Andere ›The master of the hunt‹, der Veranstalter und Gastgeber, daher vermutlich Besitzer mancher der Ländereien, über die man hinwegjagen wird. Der Aufhetzer nimmt sich sofort der Hunde an, die ihm unten ein bediensteter Fußgänger in Livree zuführt: eine Meute lechzender blutrünstiger Kreaturen in braunweißem Haustierfell mit jener Art treuer Augen, hinter denen Mordgier sich verbirgt. Der Andere sieht sich um, ein Feldherr, der Nachschub erwartet. Der Nachschub trifft ein, schon winkt er dem Paar zu, dem Beleibten und der Blonden, die sich nun, ihr Tempo zurückschal-

tend, und damit die Motorik ihrer Reitbewegung abschwächend, herantragen lassen, ritardando, Fermate, da sind sie. Die Blonde, eine höhere, wahrscheinlich sogar eine höchste, Tochter, bringt Bewegung in die Szene, sie grüßt, zunächst droben die Gleichgestellten, dann aber auch, fröhlich-freundlich, hinab in die Zuschauergruppen, da gibt es einige Auserwählte, die sofort den anderen als Ausgezeichnete entwachsen, als Empfänger hoher Gunst; die junge Dame streut Wohlwollen aus, ist ihrer Beliebtheit sicher, sie kennt diesen und jenen noch aus den Tagen der Kindheit, hat damals vielleicht manchem von ihnen ein Weihnachtskörbchen ins Cottage gebracht und ist wohltätig geblieben. Während sie streut, während ihr Vater die anderen begrüßt, beide Sherry nehmen, danken, nicken, nippen, reden, reitet in schlenkernder Eile, beinah im Galopp, aus einer anderen Richtung, ein weiterer schwarzer Reiter heran, reitet so schnell, daß er im Staccato-Rhythmus, wechselnd im Sattel sitzt, emporschnellt, auf den Steigbügeln steht und wieder sitzt und wieder schnellt und steht und sitzt und schnellt, kommt bei der Gruppe zum Halten, legt an, und während er sich zum Wirt neigt, um sich ein Glas zu nehmen, durstig wie der tolle Reiter in Kleists Anekdote, naht, in gemessenem Trab, als habe er mit Absicht einen späten Auftritt berechnet, aufrecht im Sattel, der erste Reiter, den ich sah, den ich für den verschmähten Anwärter auf die blonde Tochter hielt – er ist ansehnlich –, und während der rote Dresseur mit dem Pokergesicht, die Peitsche wie einen verlängerten Zeigefinger drohend waagerecht haltend, dem erregten Gewoge der Hunde Einhalt gebietet, indem er sie leise anbellt – offensichtlich beherrscht er ihre Sprache –, während der Vorletzte, der Staccato-Reiter, seinen Sherry nun doch nicht hinunterstürzt und – kleistisch – einen zweiten verlangt, sondern den ersten wägend in der Hand hält, durch ihn hindurchsieht, als versuche er, Trübheit darin zu entdecken, während der Beleibte ein ernstes Wort mit dem Meister der Jagd wechselt, während die Tochter sich umsieht, als erwarte sie von irgendwo ein Wort der Anerkennung, legt der Letztgekommene, der Gemessene, Ansehnliche, sein Pferd an, grüßt, ebenfalls verhalten, in die Runde, bedient sich vom Tablett des Wirts und ordnet sich schließlich neben dieser Tochter ein, kein abgewiesener Bewerber, nein, vielmehr einer, der Aussichten hat, nicht nur bei dieser, sondern auch bei anderen Töchtern, und sein Wissen ausspielt. Und dann scheinen sie alle beisammen zu sein, der Wirt zählt, kein volles Glas ist übrig, der Meister der Jagd zählt und ist befriedigt. Ich kann nicht leugnen, daß sich mir dieses Bild als hübsch erschließt – very pretty –, an diesem Morgen, in diesem sonnigen Dunst, der die Farben dämpft, vor dieser Schenke, an dieser wohlgewählten Kreuzung, zwischen den Feldern, in Cornwall, in England, ein aquarellierter Kupferstich, englisch, frühes neunzehntes Jahrhundert. In der Tat hat sich seit der Zeit der Stiche weder an den Jagdsitten noch an der Aufmachung der Jäger noch an den Jagdmethoden etwas geändert, aber es wird sich vermutlich

bald ändern, nicht zuletzt weil die Füchse aussterben, aber wohl nicht ausschließlich deshalb.
Das Jagdhorn bläst zur Hetze. Ich kann nicht sehen, wer es bläst, aber gewiß ist es einer aus dem Lakaienstand, von den Jägern ließe sich keiner zum Blasen herab. Sie verstummen jetzt, die Mienen straffen sich, es wird steif und ernst über den Pferden dort droben, wie zu einem stummen Gebet, jeder horcht nun auf sein inneres Echo des Jagdrufes. Man ist sich der verantwortungsvollen Aufgabe des Tages bewußt, eine Treibjagd ist nicht Scherz sondern Tradition, hier wird sie Ereignis, der Vollzug ist mit der Bürde einer Verpflichtung belastet, immerhin gilt es, ein Tier zu Tode zu hetzen, so wie es schon die Väter gehetzt haben und die Söhne hetzen werden, vorausgesetzt, daß alles gut geht, ich meine: gut vom Standpunkt der Jäger aus gesehen. Neun Blicke schweifen hinaus in die Felder und überschneiden sich in der Weite, dort etwa, wo das Unwesen, der vierbeinige Feind, vermutet wird. Noch ist er unsichtbar, aber den schnüffelnden erregten Hunden ist er als irritierender Reiz gegenwärtig. Mit ihm ist es jetzt vorbei, neun Reiter, verstärkt durch fünfundzwanzig Hunde, haben seinen Untergang beschlossen und haben nichts im Kopf als seinen Tod, zumindest nicht jetzt, wie es zu Schonzeiten in dem Kopf aussieht, weiß ich nicht.
Noch einmal bläst es, ein barbarischer Laut, wie das Schofar in der Synagoge, und auf gehts, im Getrappel von sechsunddreißig Hufen, verstärkt durch Tritte von hundert scharrenden Pfoten, zunächst

der Landstraße entlang, die neun Blicke kämmen die Felder, jetzt trennen sich die beiden Roten mit den Hunden von den Schwarzen, setzen über einen Graben, und inmitten der spurenden Eskorte entfernen sich die beiden Reiter, noch nicht recht zielsicher, aber in guter Zuversicht, die Hoffnung liegt auf den Hunden. Indessen verlangsamt sich der Trab der schwarzen Truppe, Zügel werden angezogen, man kommt zum Stehen, erst zwei, dann einer, dann drei und dann der letzte, eine kurze ratlose Pause, aber vermutlich eingeplant, sieben Blicke dehnen sich in die Weite, querfeldein, dorthin, wo die beiden Roten jetzt auseinanderreiten und getrennt voneinander, der eine umringt von seiner wimmelnden schekkigen Meute, zwischen den Hecken verschwinden, und das scheint das Signal zu sein: ohne gegenseitige Kommunikation und ohne den Blick von den Verschwindungspunkten der beiden Roten abzuwenden, stieben die sieben auseinander, zwei galoppieren weiter der Landstraße entlang, zwei weitere kehren auf der Landstraße zurück, und drei setzen über den Graben und sprengen hinein in die Felder. So verteilt sich die Jagd, verzweigt sich mehrfach, denn nun spalten sich die restlichen Gruppen der Schwarzen noch einmal, je einer aus der Straßenpatrouille setzt über den Graben, biegt ab ins Feld, jeder an einer anderen Stelle; die erste schwarze Feldeinheit, schon tief im Jagdgebiet, überspringt eine Hecke und gabelt sich zu drei Individuen, endlich ist jeder allein, jeder an der Spitze eines sich entfaltenden Fächers, ein verschwindender Punkt im Panorama, einsamer Jäger in Verfolgung siegreicher Vereinigung; mit ganzem Herzen lebt er der Einkreisung einer noch nicht genau zu bemessenden Mitte entgegen, innerhalb derer, in enger werdendem Spielraum, meist unsichtbar für mich, aber hier und dort aus einer Unebenheit des Geländes auftauchend, einer der beiden Roten einer Spur folgt, die sich selbst einkreist. Dort hinten der Fuchs hat Meute gerochen, aber es ist zu spät, er ist umzingelt von fünfunddreißig mordwütigen Kreaturen, neun davon menschlich, der Ring wird eng. Jetzt sind sie alle meiner Sicht entschwunden, es ist leer auf dem Feld, leer ist auch die Straße, die Zuschauer haben sich, nach einem kurzen prüfenden Blick aufeinander, zerstreut, die Wagen sind weitergefahren. Drinnen im Gasthaus sind die Sherrygläser schon abgewaschen. Ich gehe hinein, um von dem Sherry zu kosten, die Qualität, denke ich, muß hoch sein, die Jäger schienen mir anspruchsvoll, zumindest was leiblichen Genuß betrifft.

Die Qualität ist hoch. Ich trinke mehrere Sherrys, unterhalte mich dabei mit dem Wirt, der seine große Frühlingsstunde hinter sich hat – erst im Herbst gibt es eine gleiche –, einem jüngeren Mann, dessen blaue Augen so groß sind, daß es ihm Schwierigkeiten zu bereiten scheint, sie auf sein Gegenüber einzustellen, es gerät ihm stets der Hintergrund ins Blickfeld; er sieht aus, als könne er mehrere Wahrnehmungen gleichzeitig bewältigen, vielleicht verfolgt er hinter mir den Verlauf der Jagd, vorn jedenfalls macht er mir klar, daß er sie ablehne, doch sehr klar macht er es nicht, und es bleibt offen, ob seine Gründe sozialer Natur oder von Tierschutz diktiert sind, dem alle englischen Nichtjäger mehr oder minder zuneigen.

Eine Stunde später, es geht wieder gegen Mittag, trete ich aus dem Wirtshaus. Der Morgendunst ist verweht, die Landschaft liegt klar vor mir, im leichten Wind, alles ist ruhig. Ich überfliege das Gelände mit dem Feldstecher, nirgends sehe ich die geringste Bewegung, bis auf den Hauch von Wind in den Blättern,

doch plötzlich, weit hinten, gegen den Horizont abgesetzt, unter einer der wenigen Baumgruppen, sehe ich schwarze Akzente über braunen Flecken, auch die roten Punkte sind im Bild: die Jagdgesellschaft. Wahrscheinlich hat sie inzwischen den Fuchs erledigt und feiert den Sieg, ›the kill‹, wie es lapidar und blutrünstig heißt. Ich kann es zwar nicht sehen, aber ich nehme an, daß jetzt einer von ihnen – ich weiß nicht welcher, aber auch das ist protokollarisch vorgesehen – das tote Tier an der Rute hochhält und es, wie um es noch im Tod zu entwürdigen, den Kopf mit den gebrochenen Augen nach unten hängen läßt, und da stehen sie denn, die beiden Roten und die sieben Schwarzen, mit ihrer Kadavertrophäe, und die Welt der Hühner atmet wieder einmal auf. Wenige Minuten später ist auch die Jagdgesellschaft verschwunden, wahrscheinlich zum Lunch geritten, ins Jagdhaus oder ins Schloß eines der Roten – im Tafelgespräch wird der Ablauf der Jagd noch einmal neunstimmig erstehen –, und die Landschaft ist jetzt endgültig leer, ruhig, als sei niemals eine Hetzjagd über sie hinweggefegt, die Melancholie Cornwalls ist um einen Grad vertieft durch das Fehlen eines Fuchses.

Es geht wieder abwärts, auf St. Ives zu, ein Städtchen, das vor undenklichen Zeiten, vierzig Jahren oder mehr, vom Fischfang lebte, und zwar vom Pilchard. Der Name dieses Fisches ist, soweit ich weiß, nicht zu übersetzen, die Unkenntnis des Gegenstandes – eine überdimensionale Sardine, bei dem sich dasselbe Quantum an Geschmack auf viermal soviel Fleisch zu verteilen hat – kein gastronomisches Versäumnis. Heute lebt St. Ives von Feriengästen und von den vielen Malern, die hier ansässig geworden sind, Vertreter der verhältnismäßig engen Skala vom Zweitrangigen bis zum Unsäglichen. Zwar gab es hier schon zur Zeit des Pilchard Maler, aber damals waren noch gute darunter, Ben Nicholson zum Beispiel, der jetzt im Tessin lebt, in einem südlichen St. Ives. Ein Teil der Malerkolonie unterhält eine permanente Ausstellung, in deren Objekten es sich meist um regional gebundene Themen handelt, eben um Malerisches: gefällige Abstraktionen maritimer Gegenstände, Anker, Muschel, Seevogel, oder, als Stilleben, alles zusammen, auch Pilchard, des Körperlichen enthoben, zu verfremdender Auflösung stilisiert, der Pilchard als Idee, sozusagen. Leider finde ich hier Anklänge an meine eigene Malerei in Mousehole und Port Isaac, ich habe kein Zeugnis mehr, daß sie besser war, muß mich daher auf die Hoffnung verlassen, falls man in die Vergangenheit hoffen kann – (fehlt hier der deutschen Sprache ein Wort?) Wie auch immer: die Kunst und ich waren damals beinah um eine Generation jünger.

Dennoch: wenn ich bedenke, daß damals in Port Isaac mich wenig anderes bewegte als die Wiedergabe visueller Konstellationen, wie ich sie im Geist und als Geister vor mir sah! Dieses lächerliche ›innere Auge‹! Oft konnte ich das Tageslicht kaum erwarten, um den Kampf mit meiner Unzulänglichkeit zu beginnen, deren Einsicht mich gleichzeitig als Impuls beherrschte und als Herausforderung niederzwang. Um fünf Uhr morgens schon geriet ich in den Zwiespalt zwischen Vorsatz und Verlangen: Aufstehen oder Liegenbleiben bis zum nächsten Dilemma? Meist siegte der Wille als aktiver Teil, aber es dauerte lange, bis er die passive Masse des Körpers für sich gewonnen hatte, oft gelang es den ganzen Tag nicht, der Körper war nicht zu überzeugen und zog zurück: nicht malen – schlafen! Ich hatte Angst, plötzlich ohne Stütze dazustehen und mich dem Anfang eines Tages gegenüberzufinden, aus dem es nun kein Entrinnen mehr gäbe. Diese frühen Morgen im Juli oder August erforderten eine besondere Art der Handhabe – schlechtes Wort: ich meine ›tackling‹ – dem ich nicht immer gewachsen war, sie boten keine schwache oder weiche Stelle, warfen keine Schatten und verbreiteten sich unerbittlich überall innen und außen. Mühsam gefaßt steuerte ich sofort auf den

Punkt hin, von dem ich nicht mehr zurückkönne, die Tasse Kaffee oder Tee, immer von der Einsicht bedrängt, daß ich nun Stunden vor mir hätte, die mit Tätigkeit, mit Malen, auszufüllen wären, keine Flucht mehr zwischen erkaltete Laken, und Stunden, bevor der normale Tageslauf sich überhaupt erst abzeichne, den ich nun mit gewaltigem Vorsprung, bereits ermüdet und dadurch im Nachteil den vier Malerinnen gegenüber, beginnen mußte. Daß ich an diesem Nachteil selbst die Schuld trug, machte mich weder frischer noch machte es mich wieder schläfrig. Wach hielt mich die Hoffnung auf einen erleuchtenden Einfall, der sich um diese Zeit biete, aber gerade der ist ausgeblieben.

Auch St. Ives haben wir damals in Taffys Neunermannschaft besucht, wir sind an seinem Strand umhergestreift und haben jede Ecke seines Gewinkels durchstöbert, als müßten wir es vermessen, Anthony und ich immer auf der Suche nach subtilen Tonskalen, nach Überschneidungen, Überraschungen, Suggestionen und Autosuggestionen, die anderen vielleicht auf der Suche nach mehr materiellem Gut. Heute ist der Strand mit Buden und Körben bestreut, jetzt leer bis auf die Dauerbesatzung der Möwen. Die Winkel der Straßen sind noch winkliger geworden, sind durch Anstrich akzentuiert, die Farben sind prall, das Allzumalerische hat sich des Ortes vollends bemächtigt und hat ihn den Bildern der Ausstellung nachgebildet. Er ist nicht mehr was er damals war, war damals allerdings, wie Kenner versicherten, nicht

mehr was er vorher gewesen war, vermutlich war er zur Zeit der ersten Kenntnis der Kenner nicht mehr was er vor ihrer Zeit gewesen war und wird in zwanzig Jahren nicht mehr sein was er heute ist, noch nicht einmal das. Seit langem bin ich auf der Suche nach einem Ort, dessen Kenner mir sagen, er sei früher gräßlich gewesen, schön sei er erst geworden und werde nun von Jahr zu Jahr schöner.
Immerhin zog es mich nach St. Ives zurück, wenige Monate nach der Auflösung unserer Gemeinschaft in Mousehole richtete ich mich hier ein, wollte malen, aber der Krieg kam, noch ehe ich die Farben gemischt hatte, als wolle er mich vor weiterer Torheit bewahren; wäre der Anlaß weniger furchtbar gewesen, so hätte ich ihn als Ausflucht erfunden haben können.

In St. Ives lernte ich Hal kennen. Er hatte sich ziellos, doch nicht mittellos, hier antreiben lassen und kostete nun, wie er es ausdrückte, von selbstgewählter Trostlosigkeit. Wie K. im ›Schloß‹ von Kafka hatte er hier ›Gelegenheit zu einer kleinen Verzweiflung‹, wenn er ›nur zufällig nicht absichtlich hier stünde.‹ Er war, als ich ihn traf, seit Wochen dabei, wieder abzureisen, aber irgend etwas hinderte ihn daran, er wußte nicht, was es war. Als möglichen Grund bot ich ihm die These an, daß es woanders auch nicht besser sei, aber sie überzeugte ihn nicht, es überzeugte ihn wenig. Sein Revier war Mayfair, er war Portraitmaler, malte meist Damen, die er nicht selten anschließend verführte, oder auch vorher, das war auf den Bildern nicht ersichtlich. Hal war zehn

Jahre älter als ich, ich bewunderte seinen matten Zauber, den er nicht spielte, er war müde geboren und außerdem zu spät, Jude; der Vater Zahnarzt, war passiver Held vieler Anekdoten, die beste jene, in der er den Hut des Klavierstimmers gereinigt hatte. Hal war sanft, seine Rede war artikuliert, in Moll getönt aber nicht wegwerfend, er legte seine Worte ab, es waren stets die letzten zu einem Thema; Schärfe war in ihnen nicht enthalten. Die Stimme war ein wenig belegt, es klang ein Unterton mit: kein Schmerz, wohl aber der Anflug eines Bedauerns darüber, daß er auf der Welt sei. Er erinnerte sich gern, aber das Erinnerte war ihm nicht viel wert: nicht viel, aber auch nicht gar nichts. Später, im Krieg, traf ich ihn wieder, in Jerusalem, er war Captain, ein sanfter Krieger, widerwillig in die Umstände hineingewachsen und potentielles Opfer seiner bösen Zufälle –, für Hal war alles ein Zufall, nicht zuletzt er selbst. Sein Unterton war stärker geworden; der Krieg, den er trinkend erlebte – und wohl ihm, daß ihm zumindest das beschieden war! – lieferte ihm nun den Beweis seines Bedauerns, es war kein Anflug mehr, es war zum Ausbruch gekommen, war aber immer noch kein Schmerz.

Erst nach dem Krieg hatte es sich in ihm entschieden, objektiv gesehen zum Schlechten. Ich traf ihn in einem Pub in Chelsea, in dessen Nähe wir beide wohnten. Sein Tonfall war zuversichtlicher geworden, kein Unterton mehr, ein voller Akkord, auf erschreckende Weise animiert, wie der eines Soldaten der Heilsarmee, wurde aber von seiner Erscheinung widerlegt, er bot den Anblick von Verfall. Er sagte mir, daß er jetzt Haschisch rauche, und er pries es mir an – nicht weniger überzeugt aber noch weniger überzeugend als Aldous Huxley das Mescalin – wenn auch nicht als einen Schlüssel zu den ›Pforten der Wahrnehmung‹, so doch als berauschende und dabei unschädliche Lebenshilfe.

Die Diskussion, ob Haschisch schädlich oder unschädlich sei, kann ich kaum trennen von Günter Eichs Geständnis – im zweiten Band der Maulwürfe –, er könne die oft gehörte Frage nicht entscheiden, ob Baumwolle positiv oder negativ sei. Weder Gegner noch Süchtige bemühen sich um Objektivität der Antwort, aber die Süchtigen behaupten es wenigstens auch nicht. Eine Mehrzahl warnt vor Gefahren, die eine Minderheit eingeht, um diese Mehrheit ertragen zu können. Gewiß, mit Hal war es vorbei, er war gezeichnet von Exzeß, aber ich weiß nicht, auf welchem Gebiet: Haschisch oder Alkohol oder beides? Oder mehr noch? ›Sieh mich an‹, sagte er, ›und du siehst, wie wenig es schadet. Ich bin gesund, meine Bilder sind besser als früher, mein Erfolg bei Frauen hat sich nicht vermindert, meine Potenz hat nicht abgenommen.‹ Es klang da keine bange Frage mit, zumal da ich ja die letzten beiden Behauptungen nicht prüfen konnte, aber er suchte auch keine Bestätigung. Ich beschloß, zumindest die Behauptung über die Qualität seiner Bilder zu prüfen. Wir gingen in sein Atelier. An den Wänden hingen Darstellungen formloser Gebilde, jedes einzelne das Resultat irgendeines offensichtlich stumpfsinnigen Vorgangs, der die Phantasie gewaltsam ausschaltet, jedes ein wütender Angriff der Langeweile, wenn es so etwas gibt. ›Gut, nicht wahr?‹ sagte Hal. ›Du wirst nicht erraten, wie ich auf diese Dinge komme.‹ Er hatte recht, das erriet ich nicht. ›Hier,‹ sagte er und deutete auf einen Stoß von Kunstpostkarten, ›hier liegen meine Motive.‹ Er legte eine Pappscheibe, aus der er ein Rechteck von zwei mal drei Zentimetern geschnitten hatte, auf die oberste Karte, van Goghs Kornfeld, schob es zurecht, und ich hatte ein gerahmtes Detail vor mir, wie es, ins Ungeheuerliche aufgedunsen als Ölmalerei an der Wand hing. So also waren die Bilder zustande gekommen, und so würden noch so viele zusammenkommen, wie es sein schwindendes Wohlergehen erlaubte.

Ich rauchte mit Hal meine erste und vorletzte Haschischzigarette, die Euphorie war kurz, ich blieb mit beiden Füßen auf der Erde, nur war der Abstand vom Kopf bis zu den Füßen länger als sonst, und der Körper dazwischen kein Ballast, keine Materie, eher ein metaphysischer Leib, dessen Möglichkeiten noch nicht erkannt sind. Immerhin steigerte sich unser Gespräch bis weit hinauf in gewagte Regionen, es stieß sich an der Kunst nur ab, und wurde dort oben zum aphoristischen und schließlich einsilbigen Kommentar des Lebens, das leicht und disponibel unter uns lag. Vor allem blieb mir die Kritik an den Bildern erspart. Ich traf Hal noch ein paarmal, rauchte meine zweite und letzte Haschischzigarette mit ihm, bald darauf verließ ich London.

Den Wunsch, unsere Ateliers zu besuchen, verspüre ich nicht, es wären auch nicht mehr unsere Ateliers. Der Gang durch die Straßen von St. Ives macht meine passive Unlust aktiv, es wehrt sich in mir gegen Veränderung ohne Funktion, gegen ›Verschönerung‹, der neue Anstrich ist zu dick, wenn es so weitergeht, wird alles rund, schon sind die Ecken abgeschliffen, die Fühler der Erinnerung stoßen nicht auf Stoff, der sie geladen zurückwirft, sie gleiten ab, ins Vage. Dazu die falschen Antiquitäten, Gestanztes und Gegossenes, die Inventionen aus Kunststoff, die Muschelkästchen, alle diese Behälter – Andenken sind ja meist Dinge, in die man etwas hineintun kann – alle die Wegzeichen, die Hilfsmittel für jene, deren Erholung dem Ziel gilt, auch aus fernster Ferne vertrauteste Nähe zu machen –, letzten Endes kann doch ein Reiseandenken, das man gekauft hat, an nichts anderes erinnern als an Straßen voller Reiseandenken, die man nicht gekauft hat.
Ich gehe ein Stück Strand entlang. Selbst den Sand mag ich nicht wiedererkennen, er scheint nicht mehr aus Angetriebenem zu bestehen, sondern aus Fallengelassenem. Ich richte den Feldstecher auf den Punkt, an dem sich der Strand zwischen Felsen verengt, wo Steine ihn sperren, der Möwengürtel wieder breit wird, und ich sehe, auch hier stehen zwischen den Möwen große aufrechte Vögel. Ich kann sie nicht bestimmen, den Peterson, den Ernst Jünger als den unentbehrlichen Begleiter des Feld-Ornithologen bezeichnet, womit er andeutet, einer zu sein, und mich davon abhält, einer sein zu wollen, diesen Pe-

terson habe ich nicht bei mir. Zudem finde ich darin zwar, was ich gern sehen will, nicht aber was ich sehe. Die Sicht der Vögel regt mich wieder an, als wolle sie eine jener schlummernden Erkenntnisse wecken, um deren Erwachen ich mich jedoch nicht bemühe, denn entweder sind sie schon erkannt, eben von Jünger oder Ähnlichen, oder sie nützen nichts, meist beides. Aber ich sehe: Größe macht Vögel nicht mächtig sondern ungelenk, sogar hilflos. Die kleinen Vögel tief unter ihnen sind der Nahrung näher, schließlich ist der cleverste Vogel der Spatz, er wird am längsten leben. Mit der Höhe wächst auch die Weltferne, die Zeitfremdheit; indem ich beobachte, komme ich mir vor wie einer, der kurz vor der Sintflut bemüht ist, die Bestände aller Gattungen von Erdbewohnern aufzunehmen, und versucht, ihre Überlebens-Chancen zu berechnen. Der große Vogel hat keine.

Ich fahre ab, die Straßenwindungen wieder hinauf. Zuerst ein Stück Jagdlandschaft – hier fehlt ein Fuchs, – dann durch die östlichen Ausläufer des Labyrinths. Bald bleiben die Hecken hinter mir, ich fahre von Gasse auf Straße. In ein paar Stunden, spätestens morgen, werde ich in Devon sein, in einer reichen lieblichen Landschaft, dann werde ich ganz Cornwall hinter mir haben, diesmal endgültig. Irgendwann verläßt man auch jene Regionen zum letzten Mal, in denen man einmal zuhause gewesen ist, und dieses irgendwann ist jetzt fixiert, ihm fahre ich entgegen. Ich habe mich in viele verschiedene Orte eingelebt, oft habe ich den allmählichen Wandel von

Fremdheit zum Zuhausesein umgekehrt vollzogen, und jetzt wird es Zeit für die Bilanzen, ›the summing-up‹, sonst trage ich alle meine Orte als unerledigte Sachen mit mir herum. Diese Sache, Cornwall, ist nun erledigt, abgeschlossen, und die Erinnerung als aktiver Wunsch wird mit dieser Aufzeichnung ad acta gelegt. Für mich ist Schreiben nicht zuletzt Ablegen. Es gibt noch andere Regionen – Landschaften mit Figuren –, die auf das summing-up warten, sie wollen endlich aus meinem Gedächtnis verschwinden; es gilt also zu ordnen, und zwar so, daß mir nichts fehlt. Cornwall ist erschöpft, sein Material habe ich entweder auf dieser Reise ausgewertet, oder ich hatte es mir schon vor langer Zeit einverleibt: ich bin mir selbst ohne Cornwall nicht vorstellbar. Jetzt kann ich alles liegenlassen, es kommt zur Ruhe, es arbeitet nicht mehr. Die Wege, die ich hier gefahren bin, in Taffys bejahrtem entfärbtem Cabriolet, hinten auf den Notsitzen eingepfercht neben Anthony oder Paddy oder eingekeilt zwischen beiden, immer im Freien, in der Nacht und im Wind, oder später, in der komfortablen Limousine jener resoluten Malerin, unserer Anführerin, alle diese Wege bin ich, zum Teil mehrmals, nachgefahren, ich habe geprüft, – mich und, soweit es möglich war, die Anderen – habe gemessen, retrospektiv Erwägungen angestellt; meine Notizen habe ich gemacht, ich bin noch dabei. Ich denke gern: was ich in wachen Augenblicken, in jenem Zustand also, in dem die Selbstkritik ihre Pflicht tut oder tun sollte, nach dem Schreiben, bei der Korrektur des Manuskripts, bei der zweiten oder dritten Fassung, beim Revidieren der Maschinenseiten, beim Lesen der Fahnen oder des Umbruchs, vorfinde: all das ist zweite Wahl. Das Wesen der Eintragungen erster Wahl ist, daß sie nicht gemacht werden. Ihr Material zieht durch den Kopf, ohne Aufheben oder Widerstand, zu einer falschen Stunde oder in der tiefsten Nacht oder während des Autofahrens im dichten Verkehr oder auf einsamen Straßen, an einem Kreuzweg, an dem es unheimlich, oder an einer Kreuzung, an der das Anhalten unmöglich ist, oder an einer gefährlichen Stelle oder in Gesellschaft, es kommt und bietet sich an und entschwindet sofort, immer zu Zeiten, in denen eine Eintragung nicht opportun oder ausgeschlossen ist, oder wenn ich mich nicht entschließen kann, den Kopf aus den Kissen zu heben, Licht anzudrehen, ein Schreibgerät zur Hand zu nehmen. Dazu kommt die Befürchtung, daß die Aktion des Eintragens ihr Objekt verjage, daß ich irgendeinen willkommenen Zustand, irgendeine Untätigkeit unterbreche, einen Wachtraum jäh abschneide, um die Bilder festzuhalten, nur um diese Bilder in der Ferne entschwinden zu sehen, und mit ihnen ihre Wirkung und ihren Wert. Ein paarmal habe ich mich in der Nacht zu dem Versuch aufraffen können: die Eintragungen waren am nächsten Morgen banal oder sinnlos, wenn nicht gar unverständlich. Es fehlte der Kontext, das Vorher und das Nachher, das Hineingleiten in den Ort oder zu dem Augenblick, den ich hatte festhalten wollen. Daher: nicht die Eintragungen sind zweiter Wahl: die Wahl ist nicht gegeben. Eine Eintragung ist nichts anderes als Verarbeitung des in unbewußter und damit unfreiwilliger Vorwahl bereits gesiebten Stoffes. Das Erlebnis selbst entzieht sich der Eintragung, es wehrt sich dagegen, zu Geschriebenem zusammenzuschrumpfen. Alles Mitteilbare ist zweitrangig, und erst auf der Ebene des Zweitrangigen entscheidet sich, ob es dennoch mitteilenswert bleibt oder nicht.

Eine große Kreuzung. Südlich geht es nach Truro. Ich fahre nicht südlich, nicht nach Truro, wo Anthony noch wohnt oder nicht mehr wohnt. Vielleicht gibt er im Augenblick ein kurzes Gastspiel an irgendeiner Hochschule Europas. Seine Lehrtätigkeiten waren Offenbarungen für seine Studenten, aber sie waren kurz, endeten jäh, meist in Chaos, in Ulm hatte er die Tochter eines Taxichauffeurs entführt. Der Tochter mag es wohl recht gewesen sein, der Hochschule wäre es nicht so wichtig gewesen, aber den Ulmern gefiel es nicht. Anthony war ein Verführer, vielleicht ist er es noch, in Truro. Er war schön, und seine Schönheit, deren Nutzwert er zu verwerfen schien, diente ihm dennoch gut. Eines einzigen Werkzeugs nämlich bediente er sich mit niemals nachlassendem Genuß: des männlichen, auf dieses konnte er sich verlassen, und hier zu verzichten, hätte ihm den endgültigen Bruch mit dem Leben bedeutet. Anthony betrieb die Verführung nicht als Kunst, sie war ihm notwendig. In aller Unschuld holte er sich, was ihm zukam, und da er auf soviel anderes verzichtete, holte er sich reichlich. Widerstand hätte ihn erstaunt, vor Versprechen hütete er sich, Kinder

nahm er in Kauf und beobachtete sie, nicht lieblos aber untätig, aus der Ferne.
Ich weiß nicht, ob seine Matratze noch unter seinem Arbeitstisch liegt, weiß auch nicht, wie oft er sie noch mit einer breiteren Matratze in einem anderen Raum vertauscht, um dort mit seiner Frau zu schlafen. Ich weiß nicht, welche Frau es ist, die fünfte oder die sechste, die dritte oder vierte war ein barfüßige Schwedin, eine Nachtwandlerin, die ihm schließlich davonlief. Maxine hat er nie geheiratet, die Irin, deren Namen ich vergessen habe, auch nicht. Die letzte, die ich kannte, war, und ist es vielleicht noch, die ältere Freundin einer jüngeren Tochter oder auch die jüngere Freundin einer älteren Tochter, jedenfalls war sie jünger als die älteste Tochter, wenn auch gewiß nicht so jung wie die jüngste Tochter, denn die ist ja vielleicht die Tochter eben dieser Frau –, ich habe da keine Übersicht mehr. Er beginnt oder begann gern bei jungen Mädchen, um gut wählen zu können, er verbrauchte sie, wie er sich selbst verbrauchte, aber es haben sich alle gern von ihm verbrauchen lassen, eine Zeit mit ihm muß wohl ein Gewinn gewesen sein.

Die Irin, deren Namen ich vergessen habe, sagt: ›Wir lagen am Strand, im Sand, das heißt, ich lag im Sand auf dem Rücken, und er lag über mir, wir waren nackt. Was wir taten, kann man sich vorstellen. Wir waren ineinander verrenkt und verhakt, wußten schon nicht mehr, welches Glied wem gehört, nur von einem wußten wir es genau, es gehörte ihm, aber im Augenblick hatte ich es und hätte es gern für immer behalten. Es war mittags, sehr heiß, es rührte sich nichts, nur Anthony rührte sich in mir, und plötzlich, da rührt sich auch die Luft. Ich spüre einen Wind in kurzen Stößen, einen Rhythmus, er ist dem unseren angepaßt, und es wird mir kühl. Ich öffne die Augen und sehe: da steht ein Mann über uns gebeugt und fächelt uns mit einem großen Tuch Luft zu. Ein Mann mit einem riesigen Schnauzbart und einer Schürze, vielleicht ein Wirt oder so etwas, er grinst mich über Anthonys Rücken an. Die Sache hat ihm Spaß gemacht, das verhehlt er nicht. Er freut sich über seinen Einfall und seinen Beitrag an unserem Vergnügen und verlangt von uns auch noch, daß wir uns mit ihm freuen sollen, dabei hat er es kurz vor dem besten Moment unterbrochen. Anthony drehte sich zwischen meinen Beinen nach ihm um, wütend, er sah aus wie ein wildes Tier, dem ein noch wilderes Tier seinen Fraß entreißen will. Ich mußte lachen, und als ich lachte, mußte auch Anthony lachen, der Mann lachte ohnehin. Anthony stand auf, nahm seine Hose, holte Geld aus der Tasche und wollte dem Mann das Tuch abkaufen. Aber der Mann nahm das Geld nicht, er schenkte Anthony das Tuch, sagte auch etwas dazu. Das Tuch habe ich noch.‹

Ich kannte die Geschichte bis auf die Übergabe des Tuches, diesen letzten Teil hatte Anthony mir verschwiegen, er war ihm wohl zu weich, solche Teile schnitt Anthony ab und warf sie weg. Doch das rhythmische Wehen des Windes aus dem Tuch, das hat er mir beschrieben. Es sei gewesen, als mache sich, nah aber unnahbar und unsichtbar, etwas Fremdes über seine Anstrengung lustig, als blase, von Licht und von Luft getarnt, ein Chor mythischer Gestalten auf ihn ein, um in der Hitze des Mittags die Paarung zu beleben, an der sich oben in Kühle ein paar Götter in Gelächter delektierten. Er erzählte die Geschichte zum ersten und wahrscheinlich zum letzten Mal, ihm war sie weniger wert als seiner Geliebten vom Strand, ihr blieb das Tuch.

Ich reise mit zwei zusammengeschnürten Windsor-Stühlen auf dem Rücksitz, die habe ich in einem Antiquitätenladen in St. Austell gekauft, sie lagen im Hinterzimmer tief unter Gerümpel, bis zur Farblosigkeit verstaubt, aber ich habe sie durch diese Schicht hindurch entdeckt, ich kenne mich auf dem Gebiet der Holzmöbel weitaus besser aus als auf vielen Gebieten, deren Wege ich ungestraft aber mit einiger Unsicherheit wandle. Diese Stühle leuchteten mir durch den Staub entgegen, sie sind schön, außerdem sind sie gut, Anfang neunzehntes, Eiche, dunkelbraun gebeizt, auf den Sitzflächen tritt die Maserung erhaben hervor, wie alte Adern. Ich zog sie an der Schnur hervor, an ihr hing ein Preis-Schild: zwölf Guineas. Ich brachte sie dem Händler in den vorderen Raum und fragte ihn, ob dieser Preis richtig sei. Er sah auf das Schild, sah auf die Stühle, die sich auch ihm unter dem Staub zu erkennen gaben, ich sah, wie er erschrak und sich wieder faßte, er sah, daß ich es sah, er sah mich an, ich sah, daß er wußte, daß die Stühle mehr wert waren, daß er auch wußte, daß ich wußte, daß sie mehr wert waren, daß ich wußte, daß auch er es wußte, ein paar Sekunden lang liefen unsere Gedanken beinah nebeneinander her, die meinen immer um eine Schrittlänge voraus. Zwölf Guineas, das waren sie vielleicht vor den vielen Jahren wert gewesen, als man sie dort hinlegte, wo sie dann im Lauf einiger Jahre unter dem Gerümpel verschwanden, dessen Teil sie gewesen waren, bis ich sie absonderte und erlöste. Der Händler sah mich an und sagte: ›If it says so, I suppose it's right.‹ Das war nun beinah eine Zurechtweisung: es sei nicht an mir, seine oder seines Vorgängers Schätzungen anzuzweifeln; wer dieses Geschäft führe, der wisse Bescheid. Ich zahlte den Preis, bedankte mich sachlich, nicht überschwenglich, ich wollte, daß er den Akt des Verlustes bald vergesse, und verließ den Laden mit den Stühlen, in der Hoffnung, daß sich mir dieser Kauf bei näherer Überlegung so darstellen würde, als hätte ich den Verkäufer nicht übervorteilt; und mit einigem Willen bin ich dorthin gelangt: mehr Geld hätte er nicht genommen, und mich tröstete der Gedanke, daß diese Stühle, wäre ich nicht gekommen, dort hinten so lange liegen geblieben wären, wie sie schon lagen, und dort die Lebzeiten des Händlers, der nicht mehr jung war, überdauert hätten, und seinem Nachfolger bin ich nicht verpflichtet.

Bald werde ich in Devon sein. Baumgruppen kommen mir entgegen, vor mir wird die Landschaft zum

Park, Cornwall ist im Entschwinden. Aber noch zuvor, als wolle es mir seiner – und anderer gleichartiger und gleichwertiger – Monumente Existenz in Erinnerung rufen, türmt sich unweit der Straße ein Hünengrab empor, eines dieser zahlreichen neolithischen Ungeheuer Cornwalls. Dieses hier ist besonders groß, ein versteinerter Ritus; auf einem Kreis von fünf gigantischen Quadern ruht ein gewaltiger Monolith als Dach, seitlich abgesunken, er sitzt wie ein schiefer Hut. Die Jahrhunderte haben versucht, aus einem heidnischen Schema ein surrealistisches Objekt zu machen, das ist ihnen gelungen, Willkür der Witterung und der Gezeiten hat dieses Ding zu einem Kunstwerk gemacht. Als Werk eines bildhauernden Riesen wäre es reif für die Biennale, als Kultstätte jedoch ist es eher abstoßend, vielleicht ist dieser Einblick in unsere Abstammung peinlich, es gibt ja auch Leute, die keine Affen sehen mögen, – jedenfalls bin ich froh, keinen jener Prähistoriker zur Seite zu haben, für die Cornwall vornehmlich aus diesen und gleichwertigen Objekten besteht. Man trifft sie hier und dort, und bei der harmlosesten Provokation klären sie den Ahnungslosen über Wesen und Bedeutung dieser gräßlichen Stätten auf, über Bau und Erbauer, sie sind stets bereit, tief in den reichen Schatz von Mutmaßungen zu greifen, die sie schließlich, zu einer vagen Empirie gebündelt, als Wissenschaft verkaufen, die keinen interessiert außer sie selbst. Ich jedenfalls will es nicht wissen und habe es nie wissen wollen,

wir neun haben niemals auch nur den geringsten Um-

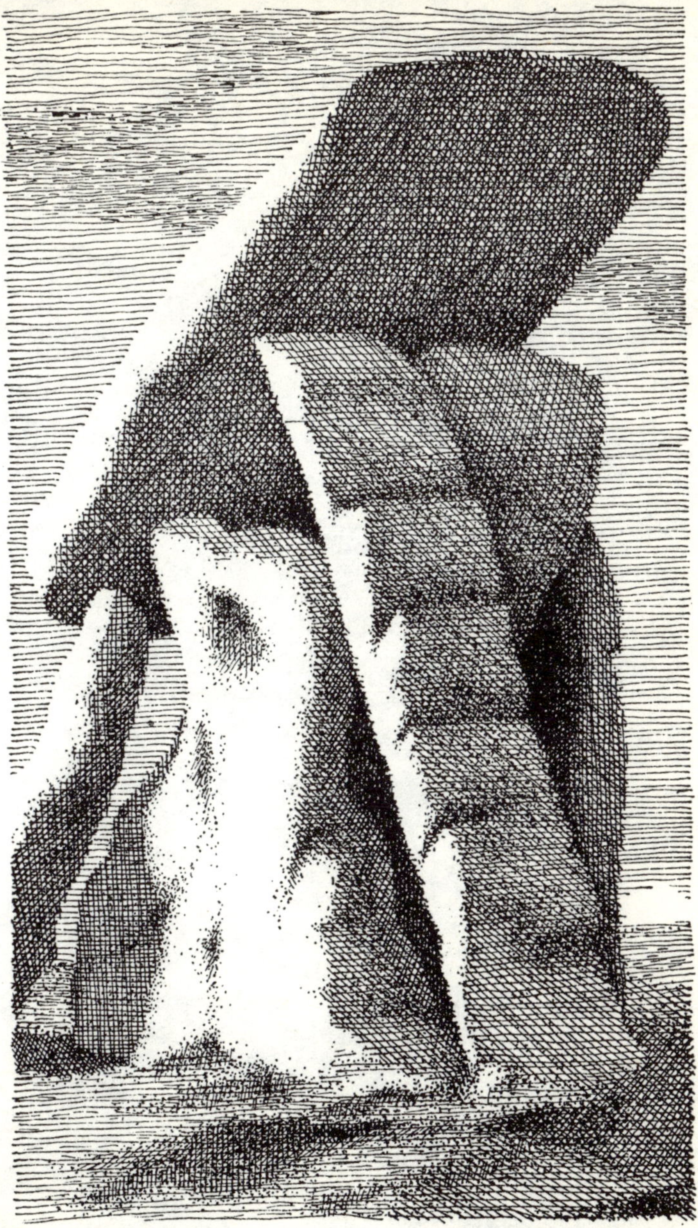

weg gemacht, um ein solches Gebilde zu besichtigen. Allerdings stießen wir einmal zufällig auf den berühmten ›Trevethy Quoit‹, eines der Prachtexemplare steinzeitlicher Denkmäler –, in meiner Erinnerung sieht es genau aus wie dieses Ding hier, vielleicht war es das. Ein Stück heruntergekommener Mythos, ein Kinderschreck. Ein paar von uns, nicht alle, stiegen aus den beiden Wagen und standen ein paar Sekunden schweigend in stummer Abschätzung darum herum, schon damals fiel mir nichts dazu ein, und den anderen auch nicht. Dann sagte Taffy: ›I think we've seen it‹, und das ist nicht der einzige Kommentar über die späte Steinzeit, dessen ich mich entsinne, aber der beste.

Ich steige nicht aus, das Grab soll mich vergebens gemahnt haben. Ich bin ein Gräberfreund, aber ich habe meine Gräber nicht gern vorzeitlich anonym; es soll da einer darunter liegen, ich will sie geordnet und umfriedet sehen, oder meinetwegen auch von Zeit und Wetter abgeschliffen, auf jeden Fall beschriftet, so daß sie ein Leben bezeugen, und wenn sie gepflegt sind, so bezeugen sie zusätzlich, wie der Tote hier oben noch im Wert steht. Ich habe in Cornwall ein paar gute Friedhöfe besucht, in St. Buryan zum Beispiel, oder in Zennor, aussterbenden Bergwerksdörfern, das waren ummauerte Ruhepunkte wie Befestigungen, die Steine aus Granit, roh behauen, von den Wettern verfärbt, zum Teil in Form keltischer Kreuze, und alle standen schief, als gäbe es da drunten, unter der Erde bei den Toten, Bewegung. Schriften waren auf ihnen erkennbar, zum Teil noch lesbar, zum Teil zu Runen reduziert, und alles wild überwuchert, wenn nicht zugewachsen, von dornigem dürrem Brombeergestrüpp, macchia, und harten Gräsern, in Bewegung gehalten von dauerndem Wind, da pfiff es um die Gräber. Wer hier ruht – John Trevellyan und Hilary Penrose und Andrew Vyvyan – der ist wirklich kernfest und auf die Dauer tot.

Jetzt kommt mir links der Straße ein ovales Schild entgegen, auf dem steht: Devon. Ich habe Cornwall verlassen, zum letzten Mal, ohne Wehmut oder Bedauern, eher mit einem Gefühl der Erleichterung: die Reise, die ich seit vielen Jahren machen wollte, habe ich gemacht, die unerledigte Sache ist erledigt, die Erinnerung – oder vielmehr, was die Zeit davon an Greifbarem für mich übriggelassen hat – das hat sich alles willig hergegeben; der ungreifbare Rest besteht aus jenem Stoff, der nicht zur Sprache kommt.

Von Wolfgang Hildesheimer erschienen im Suhrkamp Verlag

Lieblose Legenden
1962, Bibliothek Suhrkamp 84

Die Verspätung. Stück
1963, edition suhrkamp 13

Vergebliche Aufzeichnungen / Nachtstück
1963, edition suhrkamp 23

Herrn Walsers Raben / Unter der Erde. Zwei Hörspiele
1964, edition suhrkamp 77

Tynset. Roman
1965

Das Opfer Helena / Monolog. Zwei Hörspiele
1965, edition suhrkamp 118

Wer war Mozart? Becketts »Spiel«. Über das absurde Theater. Drei Aufsätze
1966, edition suhrkamp 190

Interpretationen: James Joyce. Georg Büchner
1969, edition suhrkamp 297

Mary Stuart. Eine historische Szene
1971

Masante. Roman
1973

Über Wolfgang Hildesheimer
Herausgegeben von Dierk Rodewald
1971, edition suhrkamp 488

Wolfgang Hildesheimer, Mary Stuart.
Eine historische Szene

Die Uraufführung von Wolfgang Hildesheimers »historischer Szene« am 15. Dezember 1970 am Düsseldorfer Schauspielhaus wurde zu einem großen Theatererfolg, zu einer grotesken »Herrichtung vor der Hinrichtung«. Konrad Swinarski, der junge polnische Regisseur, ließ das Stück auf einer abgesenkten Bühne spielen und machte so die Zuschauer zu Beteiligten des Geschehens. Ein Spektakel wurde inszeniert, das vorführt, was man mit Menschen machen kann und wozu Menschen fähig sind. Schöne Bilder werden, zuweilen simultan, gezeigt, die aber auch die Brüchigkeit menschlicher Charaktere sichtbar werden lassen: Diener, die nur darauf warten, die letzten Habseligkeiten ihrer einstigen Herrin aus der Hand zu reißen. Bilder von einer Königin, die zur Hinrichtung aufgeputzt wird. Und diese Bilder schaffen Distanz, machen die Szene zu dem, was Hildesheimer als Gattungsbezeichnung gewählt hat: zu einer historischen Szene.
In Düsseldorf spielte Maria Becker die Königin. »Ihr Todesantlitz wird verzerrt sichtbar wie das Gemälde, geschaffen für die Ahnengalerie«, schrieb Hans Schwab-Felisch in der FAZ.

Bibliothek Suhrkamp

278 Gertrude Stein, Erzählen
279 Ezra Pound, Wort und Weise, ›motz el son‹
280 James Joyce, Briefe an Nora
281 Wolfgang Hildesheimer, Zeiten in Cornwall
282 Andrej Platonov, Die Baugrube
283 Jaroslav Hašek, Die Partei des maßvollen Fortschritts
284 Hans Mayer, Brecht in der Geschichte
285 Ödön von Horváth, Von Spießern, Kleinbürgern und Angestellten
286 André Maurois, Auf den Spuren von Marcel Proust
287 Bertolt Brecht, Über Klassiker
288 Jiří Kolář Das sprechende Bild
289 Alfred Döblin, Die beiden Freundinnen und ihr Giftmord
290 Alexander Block, Der Sturz des Zarenreichs
292 Ludwig Hohl, Nächtlicher Weg
293 Djuna Barnes, Nachtgewächs
294 Paul Valéry, Windstriche
295 Bernard Shaw, Die heilige Johanna
296 Hermann Kasack, Die Stadt hinter dem Strom
297 Peter Weiss, Hölderlin
298 Henri Michaux, Turbulenz im Unendlichen
299 Boris Pasternak, Initialen der Leidenschaft
300 Hermann Hesse, Mein Glaube
301 Italo Svevo, Ein Mann wird älter
302 Siegfried Kracauer, Über die Freundschaft
303 Samuel Beckett, Le dépeupleur Der Verwaiser
305 Ramón José Sender, Der König und die Königin
306 Hermann Broch, James Joyce und die Gegenwart
307 Sigmund Freud, Briefe
309 Bernard Shaw, Handbuch des Revolutionärs
310 Adolf Nowaczyński, Der schwarze Kauz
311 Donald Barthelme, City Life
312 Günter Eich, Gesammelte Maulwürfe
313 James Joyce, Kritische Schriften
314 Oscar Wilde, Das Bildnis des Dorian Gray
315 Tschingis Aitmatov, Dshamilja
316 Ödön von Horváth, Kasimir und Karoline
317 Thomas Bernhard, Der Ignorant und der Wahnsinnige
318 Princesse Bibesco, Begegnung mit Marcel Proust

319 John Millington Synge, Die Aran-Inseln
320 Bernard Shaw, Über die Ehe
321 Henry James, Die Tortur
322 Edward Bond, Lear
323 Ludwig Hohl, Vom Erreichbaren und vom Unerreichbaren
324 Alexander Solschenizyn, Matrjonas Hof
325 Jerzy Andrzejewski, Appellation
326 Pio Baroja, Shanti Andía, der Ruhelose
327 Samuel Beckett, Mercier und Camier
328 Mircea Eliade, Auf der Mântuleasa-Straße
329 Hermann Hesse, Kurgast
330 Peter Szondi, Celan-Studien
331 Hans Erich Nossack, Spätestens im November
332 Wenjamin Alexandrowitsch Kawerin, Das Ende einer Bande
333 Gershom Scholem, Judaica 3
334 Ricarda Huch, Michael Bakunin und die Anarchie
335 Bertolt Brecht, Svendborger Gedichte
336 Francis Ponge, Im Namen der Dinge
337 Bernard Shaw, Wagner-Brevier
338 James Joyce, Stephen der Held
339 Zbigniew Herbert, Im Vaterland der Mythen
340 Hermann Broch, Barbara
341 Nathalie Sarraute, Tropismen
342 Hermann Hesse, Stufen
343 Rainer Maria Rilke, Malte Laurids Brigge
344 Hermann Hesse, Glück
345 Peter Huchel, Gedichte
346 Adolf Portmann, Vom Lebendigen
347 Ingeborg Bachmann, Gier
348 Knut Hamsun, Mysterien
349 Boris Pasternak, Schwarzer Pokal
350 James Joyce, Ein Porträt des Künstlers
351 Franz Kafka, Die Verwandlung
352 Hans-Georg Gadamer, Wer bin Ich und wer bist Du?
353 Hermann Hesse, Eigensinn
354 Wladimir W. Majakowskij, Ich
356 Werner Kraft, Spiegelung der Kunst
357 Edouard Roditi, Dialoge über Kunst
358 Miguel Asturias, Legenden aus Guatemala
363 Richard Hughes, Ein Sturmwind auf Jamaica
384 Zbigniew Herbert, Inschrift